CARANONI
Pauline 6em A

COLLECTION
FOLIO CLASSIQUE

Grimm

Contes choisis

Préface de Jean-Claude Schneider
Choix et traduction de Marthe Robert

Gallimard

Préface

Pour la postérité, l'essentiel de l'œuvre commune des frères Grimm se résume à ces Contes de l'enfance et du foyer *qui les ont rendus célèbres dans le monde entier. De 1782 à 1786, déjà, Johann Karl August Musaeus (1735-1770) avait publié des* Contes populaires allemands *qui lui avaient valu un certain succès. Marchant sur ses traces, les frères Grimm lui reprochèrent plus tard d'avoir déformé la tradition en introduisant dans ses récits des additions de son cru et des notes à caractère ironique. L'attitude des Grimm en face de l'énorme masse de documents qu'ils ont collectée est en principe celle de la fidélité : comme l'a fort bien défini Wilhelm Scherer, « Le style de ces contes est le style du récit populaire et naïf en prose, observé avec soin par de savants philologues, manié avec goût par de vrais artistes, transmis aux enfants et parents allemands par des hommes naïfs[1]. » C'est*

1. Cité par Ernest Tonnelat, dans sa thèse *Les Contes des frères Grimm* (1912).

l'union de toutes ces qualités qui valut aux Grimm de faire une œuvre unique en son genre. Les sources des frères Grimm sont orales et écrites. Ils ont recueilli les récits de la « vieille Marie », une servante « au grand cœur » dans la maison des Wild, et dont les plus beaux contes figurent dans le premier volume de 1812. Une autre source d'une importance capitale fut Dorothea Viehmann, surnommée « la Viehmännin », originaire d'un petit village des environs de Cassel. Excellente narratrice, douée d'une mémoire prodigieuse, elle a fourni la plupart des contes publiés dans le deuxième volume de 1815. D'autres contes proviennent des sœurs Hassenpflug, de Cassel, amies de « Dortchen », la femme de Wilhelm Grimm. Les frères Grimm mettent également en mouvement tout un groupe de correspondants. Beaucoup de contes leur parviennent ainsi de la famille Haxthausen de Westphalie et de Jenny von Droste-Hülshoff, la sœur de la célèbre poétesse. Achim von Arnim leur cède deux contes en dialecte poméranien du peintre Philipp Otto Runge.

Le principe de fidélité semble avoir varié selon les éditions successives ; celles-ci ont été étudiées en détail par le germaniste français Ernest Tonnelat dont nous résumerons ici brièvement les conclusions. En 1812, les auteurs rapportent le conte tel qu'ils l'ont entendu, en en conservant tous les détails. La deuxième édition de 1819 ne contient plus que des contes du patrimoine national, ceux-là mêmes qui ont encore cours en Allemagne à l'époque : c'est ainsi que Le chat botté *et* Barbe-bleue, *éléments étrangers, sont écartés ; l'intention patriotique des Grimm est ici manifeste. De plus, par désir de retrouver la forme primitive (ou du moins celle qu'ils supposent telle), les auteurs combinent les différentes versions qu'ils possèdent. Pour ce qui est du style – c'est surtout le travail de Wilhelm Grimm –, cette édition introduit en abondance le discours direct, substitue au terme banal une expression imagée (exemple : « curieux » devient « dressant les oreilles »), ajoute des idiomatismes, améliore l'agencement logique des épisodes entre eux, multiplie les répétitions de tournures identiques au sein d'une même histoire. En même temps, le conte est épuré de tous les passages qui pourraient en interdire la lecture aux enfants (ainsi disparaissent des allusions à d'inexplicables grossesses). Dans la troisième édition, celle de 1822, Jacob adjoint des notes savantes qui représentent sa contribution à la germanistique romantique, tandis que les modifications apportées par Wilhelm concernent encore le style. Tonnelat a énuméré ces modifications : additions en vue de donner à l'ensemble un meilleur développement logique, introduction de réflexions morales à l'usage des enfants, de propos attribués au conteur ou à l'auditeur, de proverbes et de sentences, d'allitérations, d'assonances et d'onomatopées, de pléonasmes, précision dans le choix du vocabulaire spécialisé (termes de métiers), amplification des monologues et des dialogues. La fidélité n'est donc pas ici un principe absolument rigoureux ; ce que les Grimm entendent par là, c'est, pour citer l'ouvrage de Tonnelat, « non pas l'exactitude du mot à mot, mais la minutieuse notation de tous les détails traditionnels, dans la forme la plus approchée de celle que les gens du peuple emploient quand ils font un récit, c'est-à-dire une langue très simple dans ses constructions syntaxiques, abondante en images et en comparaisons, concrète et expressive, mêlée de proverbes, de sentences, d'interjections, d'onomatopées ».*

Beaucoup des contes rassemblés par les Grimm sont empruntés à des sources françaises, aux récits du XIVe *siècle, aux fabliaux du* XVIe *siècle et à la littérature baroque. Si leur contenu nous semble souvent si familier, c'est en vertu de leur banalité même, ainsi que nous en avertit la préface de l'édition de 1812 : « La plupart des situations sont si simples que beaucoup d'entre nous les auront rencontrées dans la vie. » N'apparaissent-ils pas d'ailleurs comme les variations infinies d'une même trame, les développements différenciés d'un même noyau primitif ? C'est l'histoire des parents qui n'ont plus de pain, de la marâtre qui veut se débarrasser de ses enfants, de la rivalité de deux frères, de l'homme humble au cœur pur qui réalise des prodiges et accède au bonheur. Le monde qui nous est décrit est peuplé des mêmes inévitables personnages : roi, prince, serviteur fidèle, artisans, et surtout ces êtres proches de la nature et de ses mystères que sont pêcheurs, meuniers, charbonniers et bergers. Le nœud de leur petit drame se résume au même manichéisme rudimentaire de l'opposition du Bien et du Mal, du blanc et du noir, qu'incarnent l'hostilité des frères ou les deux catégories d'animaux, les bienfaisants et les cruels. Pour finir, la Lumière triomphera toujours des Ténèbres, les méchants seront toujours châtiés par les bons et le monde de l'Amour rachètera la triste condi-*

tion de l'homme sur terre. Mais, que l'origine des contes soit païenne ou chrétienne, jamais l'intention moralisante ne domine ni ne veut imposer un enseignement : le conte en laisse le soin au dynamisme interne de sa poésie. On a beaucoup épilogué sur la cruauté de ces histoires ; à cela, les frères Grimm répondaient : « Je crois qu'on peut, en s'en remettant à Dieu, laisser tous les enfants lire d'un bout à l'autre notre livre et les abandonner à eux-mêmes [1]. »

Dans les ressemblances qu'ils durent inévitablement constater entre les traditions des divers peuples, les frères Grimm, en héritiers du romantisme et en disciples des théories linguistiques d'August Wilhelm Schlegel, ont vu la preuve de l'origine commune, aryenne, des nations d'Occident. Jacob Grimm est en effet tributaire des conceptions de Görres et de Johann Arnold Kanne : le mythique (c'est-à-dire ce qui, dans la légende, échappe aux faits) et la langue sont issus d'une même souche primitive. L'œuvre du peuple – pour Jacob Grimm, un poète collectif inconscient – menait nécessairement à identifier cette poésie au mythe. Peu importe que cette théorie ait été réfutée par la suite : partis comme des « glaneurs [2] » en quête de poésie, avec l'intention de consolider les liens unissant les nombreuses souches germaniques, ils venaient de fonder une science nouvelle. Leur théorie eut en

1. Cité par Ernest Tonnelat, d'après R. Steig, *Arnim et J. et W. Grimm.*
2. La comparaison est de W. Grimm lui-même dans la préface aux contes, intitulée « De la nature du conte ».

outre un autre mérite, souligné par Marthe Robert : « En cherchant à établir les rapports du conte et du mythe, elle a mis pour la première fois en lumière l'expérience humaine tout à fait générale que le conte, comme le mythe et la légende, est chargé en même temps de voiler et de transmettre[1]. » *Davantage que dans une origine ethnique commune, c'est dans le dépôt de l'inconscient qu'il convient de chercher la cause de cette analogie des contes entre eux.*

Le conte est en effet l'image d'une épreuve qu'il faut traverser grâce à un certain nombre de vertus qui suscitent ou favorisent l'intervention du merveilleux. On peut y voir autant de variations du vieux mythe du labyrinthe et un hommage rendu à l'ingéniosité de l'esprit humain qui sait se tirer de tous les embarras ; un art de la métamorphose et du mûrissement (passage de l'enfance à l'âge adulte), non sans analogie avec les navigations mythiques et avec la recherche du Paradis perdu ou des îles Fortunées (Pantagruel en quête de la terre Utopia) : la longue errance dans la forêt obscure en est la figure la plus frappante, en même temps que l'image des embûches du monde. Mais le conte est aussi et plus simplement, comme l'a justement fait remarquer Marthe Robert, un petit drame familial, évoquant la lutte du fils contre le père, l'éternelle révolte d'une génération contre celle qui l'a précédée.

A la différence du conte français, infiniment plus littéraire, le Märchen *allemand se présente sans fard,*

1. Marthe Robert, préface aux *Contes*, Folio, 1976.

dépourvu d'ornements et d'enjolivures, et ses allusions érotiques ont été revues et corrigées par l'esprit protestant. Notre traditionnelle fée de lumière n'est bien souvent ici qu'une vieille femme à laquelle ne s'attache aucun prestige, si ce n'est celui d'être sage-femme (et femme sage), celle qui assiste à la naissance et incarne humainement le destin. Sans doute cette simplicité du conte allemand tient-elle aussi à la façon dont les Grimm ont procédé. Reprenant la distinction de Herder entre poésie de la nature et poésie de l'art (alors qu'Arnim ne voyait entre elles aucune différence qualitative), Jacob Grimm a voulu transcrire aussi fidèlement que possible ce qu'il soupçonnait être la poésie communautaire, laisser parler l'âme du peuple sans lui superposer la note individualiste de la poésie littéraire. Ce rapport des Grimm avec le passé, avec l'antiquité nationale, revêt à leurs yeux un caractère sacré ; ils ont dans leur travail le sentiment de pénétrer dans un sanctuaire, d'autant que pour eux les peuples primitifs entretiennent une plus grande proximité avec le divin (le médecin, psychologue et philosophe Carus interprète semblablement l'avènement de la conscience individuelle comme une rupture). « Les hommes du passé furent plus grands, plus purs et plus saints que nous ; le reflet de l'origine divine était encore en eux, sur eux, un peu comme des corps lumineux et purs continuent à briller un instant lorsqu'on les plonge brusquement de l'éblouissante clarté solaire dans la plus profonde obscurité... La poésie ancienne est innocente et ne sait rien ; elle ne veut pas enseigner. En outre : elle est, comme la langue du passé, tout à fait simple… Je vois donc dans la poésie savante de l'apprêt et dans la poésie naturelle de la spontanéité ; dans celle-là, une chambrette immaculée ; dans celle-ci, un pays tout entier[1]. » *L'excellent styliste qu'était Wilhelm Grimm a su réinventer, pour imiter le parler des gens du peuple, une langue vivante, enjouée, mais limpide, en épurant malgré lui les traditions orales et en leur conférant une grâce et une naïveté qu'elles ne possédaient pas toujours.*

Cependant il ne faut pas oublier que nous ne devons pas seulement des recueils de contes aux frères Grimm, bien au contraire : par sa Grammaire allemande, *Jacob Grimm doit être considéré comme le fondateur de la philologie allemande et l'un des plus grands érudits de son époque. La monumentale entreprise du* Dictionnaire allemand *n'a pu être menée à bonne fin par les deux frères qui ont dû s'arrêter à la lettre F. Ce n'est qu'en 1960 que cet ouvrage fut terminé, grâce à la collaboration de plusieurs générations de germanistes allemands.*

JEAN-CLAUDE SCHNEIDER

1. Lettre de Jacob à Arnim du 20 mai 1811.

De celui qui partit en quête de la peur

Un père avait deux fils, l'aîné était avisé et intelligent, mais le cadet était sot, incapable de comprendre ou d'apprendre quoi que ce soit ; et quand les gens le voyaient, ils disaient : « En voilà un qui sera un beau fardeau pour son père ! » Lorsqu'il y avait une tâche à faire, c'était toujours l'aîné qui devait s'en charger, mais si son père lui demandait d'aller chercher quelque chose à une heure tardive ou la nuit, et que le chemin passât par le cimetière ou quelque autre lieu horrifiant, il répondait : « Oh non, père, je n'irai pas, ça me donne la chair de poule », car il était peureux. Ou bien encore quand, le soir à la veillée, on racontait de ces histoires qui vous font dresser les cheveux sur la tête, les auditeurs disaient parfois : « Brr, ça vous donne la chair de poule. » Le cadet était assis dans un coin et écoutait tout cela et ne parvenait pas à comprendre ce que cela voulait dire. « Ils disent toujours : ça me donne la chair de poule, ça me donne la chair de poule ! Mais moi, je n'ai pas la chair de poule. Ça doit encore être une de ces choses auxquelles je n'entends rien. »

Or il advint que son père lui dit un jour : « Écoute, toi là-bas, dans ton coin, tu deviens grand et fort, il va falloir que tu apprennes quelque chose qui te permette de gagner ton pain. Vois comme ton frère se donne du mal, mais pour ce qui est de toi, on y perd son temps et sa peine. — Hé, mon père, répondit-il, je ne demande qu'à m'instruire, et même, si c'était faisable, j'aimerais bien savoir ce que c'est que la chair de poule, je n'y comprends rien du tout. » En entendant cela, l'aîné se mit à rire et se dit : « Dieu, quel benêt que mon frère, on n'en fera jamais rien ; qui veut se faire hameçon doit se courber de bonne heure. » Le père soupira et lui répondit : « La chair de poule, tu apprendras bien ce que c'est, mais ce n'est pas avec ça que tu gagneras ton pain. »

Peu après, le sacristain vint en visite à la maison, alors le père se plaignit de ses soucis et lui raconta que son fils cadet était vraiment bien peu ferré sur quoi que ce fût, il ne savait ni n'apprenait rien. « Imaginez un peu, quand je lui ai demandé comment il pensait gagner son pain, il a souhaité d'apprendre à avoir la chair de poule. — Si ce n'est que cela, dit le sacristain, il pourra l'apprendre chez moi, confiez-le-moi, je me charge de le dégourdir. » Le père en fut bien content, car il se disait : « Mon garçon va être un peu dressé tout de même. » Le sacristain le prit donc chez lui et lui fit sonner les cloches. Au bout de quelques jours, son maître vint le réveiller sur le coup de minuit et lui ordonna de se lever, de monter au clocher et de carillonner. « Je vais t'apprendre ce que c'est que la frousse », pensa-t-il ; il partit devant à la dérobée et quand le garçon, arrivé en haut, se retourna pour saisir la corde, il aperçut une forme blanche dans l'escalier, juste en face des abat-son : « Qui va là ? » cria-t-il, mais la forme ne donna pas de réponse et ne bougea pas. « Réponds, cria le garçon, ou dépêche-toi de t'en aller, tu n'as rien à faire ici la nuit. » Mais le sacristain resta immobile afin que le garçon le prît pour un fantôme. Il cria pour la seconde fois : « Que fais-tu ici ? Si tu es un honnête homme, parle, sinon je t'expédie au bas de l'escalier. » Le sacristain pensa : « Il n'a sûrement pas de si noirs desseins », il ne souffla mot et ne bougea pas plus que s'il avait été de pierre. Alors le garçon l'interpella pour la troisième fois et comme ce fut également en vain, il prit son élan et poussa le revenant au bas de l'escalier, de telle sorte qu'il dégringola dix marches et resta étendu dans un coin. Après quoi il sonna la cloche, rentra chez lui, se coucha sans piper mot et reprit son somme. La femme du sacristain attendit longtemps son mari, mais il ne revenait toujours pas. A la fin, elle fut prise de peur, alla réveiller le garçon et lui demanda : « Ne sais-tu pas ce qu'est devenu mon mari ? Il est monté devant toi au clocher. — Non, répondit le garçon, mais il y avait quelqu'un en face des abat-son, dans l'escalier, et comme il ne voulait ni répondre ni s'en aller, je l'ai pris pour un malfaiteur et je l'ai expédié au bas des marches. Allez-y, vous verrez bien, si c'était lui j'en serais vraiment désolé. » La femme partit d'un bond et trouva son mari dans un coin et geignant, car il s'était cassé une jambe.

Elle l'aida à descendre et courut en poussant les hauts cris chez le père du garçon : « Votre fils a causé un grand malheur, cria-t-elle, il a jeté mon mari au bas de l'escalier, si bien qu'il s'est cassé une jambe. Débarrassez notre maison de ce vaurien. » Le père prit peur, il arriva en toute hâte et gronda son fils : « Qu'est-ce que c'est que ces tours pendables, c'est le Malin qui a dû te les inspirer. — Père, répondit-il, écoutez-moi, je suis tout à fait innocent : il était là, immobile dans la nuit, comme quelqu'un qui a de mauvais desseins. Je ne savais pas qui c'était et je l'ai averti trois fois d'avoir à parler ou de déguerpir. — Ah, dit le père, tu ne me causeras que des déboires, disparais de ma vue, je ne veux plus te voir. — Oui, père, bien volontiers, attendez seulement qu'il fasse jour et je partirai pour apprendre la peur, comme cela j'acquerrai au moins une science qui pourra me nourrir. — Apprends ce que tu veux, dit le père, tout m'est égal. Voilà cinquante écus, va-t'en avec cela courir le vaste monde et ne dis à personne d'où tu viens ni qui est ton père, car j'ai honte de toi. — Oui, père, comme vous voudrez, si vous ne m'en demandez pas plus, il me sera facile d'en tenir compte. »

Quand le jour se leva, le jeune homme empocha ses cinquante écus et prit la grand-route en marmonnant continuellement : « Ah si seulement je pouvais avoir peur ! Si je pouvais avoir peur ! » Or il fut rejoint par un homme qui entendit les propos qu'il se tenait à lui-même, et quand ils eurent fait un bout de chemin et que le gibet fut en vue, l'homme lui dit : « Regarde là-bas, c'est l'arbre où sept filous viennent de célébrer leurs noces avec la fille du cordier et où, pour l'heure, ils apprennent à voler, assieds-toi dessous et attends la nuit, de cette façon tu sauras bien ce que c'est que la peur. — S'il n'en faut pas plus, répondit le garçon, ce sera facile ; mais si j'apprends si vite que ça à avoir la frousse, tu auras mes cinquante écus : reviens donc me trouver demain matin. » Puis il se rendit au gibet, s'assit dessous et attendit la venue du soir. Et comme il avait froid, il alluma du feu, mais vers minuit, le vent devint si glacial que malgré son feu il ne put se réchauffer. Et comme le vent poussait les pendus les uns contre les autres et les faisait se balancer, il pensa : « Tu gèles auprès de ton feu, mais eux là-haut, ils doivent encore bien plus souffrir du froid et se démener. » Et comme il était compatissant, il mit l'échelle contre le gibet, y monta, les décrocha l'un après l'autre et les descendit tous les sept. Après quoi il attisa son feu, souffla dessus et les assit tout autour pour qu'ils pussent se réchauffer. Mais ils restèrent là sans bouger et le feu prit à leurs vêtements. Alors il dit : « Faites donc attention, ou je vais vous rependre ! » Mais les morts n'entendaient pas, se taisaient et laissaient leurs guenilles brûler. Alors il se fâcha et dit : « Si vous ne faites pas attention, je ne pourrai rien pour vous, je ne veux pas brûler avec vous » et il les pendit derechef, chacun à son tour. Ensuite il s'installa près de son feu et s'endormit, et le lendemain matin, l'homme vint le trouver pour avoir ses cinquante écus et lui dit : « Eh bien, tu sais ce que c'est que la peur maintenant ? — Non, répondit-il, d'où le saurais-je ? Les types d'en haut n'ont pas ouvert la bouche et ont été assez bêtes pour laisser brûler les quelques vieilles hardes qu'ils avaient sur le dos. » L'homme vit alors qu'il n'empocherait pas les cinquante écus ce jour-là et il s'en fut en disant : « Je n'ai jamais rien vu de pareil ! »

Le jeune garçon se mit en route lui aussi et recommença à se dire à lui-même : « Ah si seulement je pouvais avoir peur ! Si je pouvais avoir peur ! » Un charretier qui marchait derrière lui entendit ces mots et lui dit : « Qui es-tu ? — Je ne sais pas », dit-il. Le charretier continua : « D'où es-tu ? — Je ne sais pas. — Qui est ton père ? — Je ne peux pas le dire. — Qu'est-ce que tu marmonnes sans cesse dans ta barbe ?

— Hé, répondit le jeune homme, je voudrais connaître le frisson de la peur, mais personne ne peut me l'enseigner. — Trêve de sottises, dit l'homme, viens avec moi, je vais voir à te caser quelque part. » Le jeune garçon suivit le charretier, et le soir ils arrivèrent à une auberge où ils voulurent passer la nuit. En entrant dans la salle, il recommença à répéter tout haut : « Si seulement je pouvais avoir peur ! Si je pouvais avoir peur ! » L'aubergiste, qui l'entendit, se mit à rire et dit : « Si tu en as envie, tu pourrais bien en trouver l'occasion ici. — Ah ! tais-toi, dit la patronne, plus d'un qui fut trop curieux y a déjà laissé sa vie, ce serait dommage si ces beaux yeux-là ne revoyaient pas la lumière du jour. » Mais le garçon dit : « Quand cela serait si difficile que cela, je veux l'apprendre puisque c'est pour cela que je suis parti. » Il ne laissa pas l'aubergiste en repos que celui-ci ne lui eût conté ce qu'il en était : non loin de là, il y avait un château ensorcelé où l'on pouvait apprendre à trembler, pourvu qu'on y veillât seulement trois nuits. Le roi avait promis sa fille en mariage à celui qui s'y risquerait, et c'était bien la plus jolie personne qui fût sous le soleil : on disait aussi qu'il y avait au château de grands trésors gardés par de mauvais génies, ils seraient alors libérés et il y en avait assez pour enrichir un pauvre homme. Beaucoup y étaient déjà entrés, mais aucun n'en était ressorti. Le lendemain, le jeune homme s'en alla trouver le roi et lui dit : « Avec votre permission, je voudrais bien passer trois nuits dans le château enchanté. » Le roi le regarda et comme il lui plaisait, il lui dit : « Tu as encore le droit de me demander trois choses, mais il faut que ce soit des choses inanimées, et tu pourras les emporter au château. » Il répondit : « Je vous demanderai donc un feu, un tour et un établi avec son couteau. »

Le roi lui fit porter tout cela au château pendant le jour. Quand la nuit fut sur le point de tomber, le jeune homme y monta, alluma un feu clair dans une chambre, installa l'établi avec son couteau, puis s'assit au tour : « Ah si seulement je pouvais avoir peur ! dit-il, mais ce n'est pas encore ici que j'apprendrai ! » Sur les minuit, il voulut attiser son feu et comme il soufflait dessus, des cris s'échappèrent soudain d'une encoignure. « Miau, miau ! Comme nous avons froid ! — Imbéciles, dit-il, qu'avez-vous à crier ? Si vous avez froid, venez ici, asseyez-vous près du feu et chauffez-vous. » Et quand il eut dit ces mots, deux grands chats noirs firent un grand bond, se postèrent de chaque côté de lui et le regardèrent d'un air féroce avec leurs yeux de feu. Au bout d'un moment, quand ils se furent réchauffés, ils dirent : « Camarade, si nous faisions une partie de cartes ? — Pourquoi pas ? répondit-il, mais montrez-moi un peu vos pattes. » Alors ils sortirent leurs griffes : « Hé, dit-il, vous en avez de grands ongles ! Attendez, il faut d'abord que je vous les rogne. » En disant cela il les prit par la peau du cou et les mit sur son établi où il leur serra soigneusement les pattes : « Je vous ai examinés de près, dit-il, ça m'a fait passer l'envie de jouer aux cartes », il les tua et alla les jeter à l'eau. Mais quand il eut fait taire ces deux-là et voulut se rasseoir auprès de son feu, voilà que de tous les coins et recoins surgirent des chats noirs et des chiens noirs attachés à des chaînes incandescentes, et il en venait de plus en plus si bien qu'il ne savait plus où se réfugier : ils poussaient des cris horribles, puis ils piétinèrent son feu, le démolirent et voulurent l'éteindre. Il les regarda faire tranquillement pendant un petit moment, mais quand il trouva qu'ils dépassaient les bornes, il saisit son couteau à tailler et cria : « Allons, ouste, canailles ! » puis il tapa dans le tas. Une partie se sauva, il assomma les autres et il sortit les jeter dans l'étang. Une fois rentré, il ranima son feu et se réchauffa. Et à force de rester assis, ses yeux se refusèrent à rester ouverts plus longtemps et il eut envie de dormir. Alors il regarda autour de lui et aperçut un grand lit dans un coin. « Juste ce qu'il me faut », dit-il, et il s'y coucha. Mais comme il se disposait à fermer les yeux, voilà que le lit se mit à se promener tout seul, et qu'il se promena par tout le château : « Fort bien, dit-il, encore plus vite ! » Alors, comme s'il avait été attelé de six chevaux, le lit se mit à rouler pardessus seuils et escaliers et tout à coup, hop là ! il culbuta sens dessus dessous, si bien qu'il fut sur lui comme une montagne. Mais il envoya en l'air couvertures et oreillers, se dégagea et dit : « Se promène là-dedans qui voudra ! », il s'étendit auprès de son feu et dormit jusqu'au jour. Le matin le roi vint le voir, et comme il le trouva couché par terre, il pensa que les revenants l'avaient tué et qu'il était mort. Alors il dit : « C'est vraiment dommage pour ce beau garçon. » Le jeune homme l'entendit, se dressa et s'écria : « Nous n'en sommes pas encore là ! » Le roi fut tout étonné, mais il se réjouit et lui demanda ce qui lui était arrivé. « Fort bien, dit-il, voilà une nuit de passée, les deux autres passeront bien aussi. » Quand il arriva chez l'aubergiste, celui-ci écarquilla les yeux : « Je ne croyais pas te revoir vivant, dit-il, as-tu appris ce que c'est que la peur ? — Non, dit-il, tout est inutile : si seulement quelqu'un pouvait me l'apprendre ! »

La deuxième nuit, il monta de nouveau dans le vieux château, s'assit au coin du feu et recommença sa vieille chanson : « Ah si seulement je pouvais connaître la peur ! » Vers minuit un bruit suivi d'un grand fracas se fit entendre, d'abord tout doucement, puis de plus en plus fort, après quoi le silence se fit un instant, et enfin une moitié d'homme dégringola par la cheminée et tomba devant lui en poussant de grands cris : « Holà, s'écria-t-il, il en faut encore une moitié, c'est trop peu. » Alors le vacarme reprit de plus belle, on entendit tempêter, hurler, et l'autre moitié tomba à son tour : « Attends, dit-il, je vais d'abord t'attiser un peu le feu. » Quand il l'eut fait et qu'il se retourna, les deux morceaux s'étaient rejoints et un homme épouvantable était assis à sa place. « Ce n'est pas dans nos conventions, dit-il, ce banc est à moi. » L'autre voulut le repousser, mais le jeune homme ne se laissa pas faire, il lui donna une violente bourrade et reprit sa place. Alors il tomba encore plusieurs autres hommes, l'un après l'autre, ils allèrent chercher neuf tibias et deux têtes de mort, les disposèrent et jouèrent aux quilles. Le jeune homme eut envie de jouer aussi et demanda : « Écoutez, puis-je être de la partie ? — Oui, si tu as de l'argent. — J'en ai assez, répondit-il, mais vos boules ne sont pas bien rondes. » Il prit les crânes, les mit sur son tour et les arrondit : « Voilà, dit-il, maintenant elles rouleront mieux, allons-y, on va s'amuser ! » Il joua et perdit un peu de son argent, mais quand minuit sonna, tout disparut à sa vue. Il se coucha et s'endormit tranquillement. Le lendemain, le roi vint aux informations. « Comment cela s'est-il passé cette fois-ci ? demanda-t-il. — J'ai joué aux quilles, répondit-il, et j'ai perdu un peu d'argent. — N'as-tu donc pas eu peur ? — Pas du tout, dit-il, je me suis bien amusé. Ah si je savais ce que c'est que la peur ! »

La troisième nuit, il s'assit de nouveau sur son banc et dit tout tristement : « Comme j'aimerais avoir peur ! » Sur le tard, six hommes de grande taille arrivèrent, portant une bière mortuaire. Alors il dit : « Ha ha, c'est sûrement mon petit cousin qui est mort il n'y a que quelques jours », il lui fit signe de venir et s'écria : « Viens, petit cousin, viens ! » Ils posèrent le cercueil par terre, mais il s'en approcha et souleva le couvercle : un homme mort était couché dedans. Il lui palpa le visage, mais il était glacé. « Attends, dit-il, je vais te réchauffer un peu », il alla se chauffer les mains au feu et les lui mit sur la figure, mais le mort resta froid. Alors il le sortit du cercueil, s'assit près du feu, le prit sur ses genoux et lui frotta les bras pour remettre le sang en mouvement. Comme cela ne servait de rien non plus, il lui vint une idée : « Quand on couche à deux dans le même lit, on se réchauffe mutuellement », il le mit au lit, le couvrit et s'étendit à ses côtés. Au bout d'un moment, le mort se réchauffa et commença à remuer. Le jeune homme dit alors : « Eh bien, petit cousin, ne t'ai-je pas réchauffé ? » Mais le défunt prit la parole et s'écria : « Maintenant je vais t'étrangler. — Quoi ? dit-il, est-ce là une façon de me remercier ? Rentre tout de suite dans ton cercueil. » Il le souleva, le jeta dedans et ferma le couvercle. « La peur ne veut pas venir, dit-il, ce n'est pas ici que je la connaîtrai jamais. »

Alors un homme entra, il était plus grand que tous les autres et avait un air horrible ; mais il était vieux et avait une longue barbe blanche. « O mon petit gringalet, s'écria-t-il, maintenant tu vas savoir ce que c'est que la peur, car tu vas mourir. — Doucement, répondit le jeune homme, si je dois mourir, il faut au moins que je sois là. — Je saurai bien t'attraper, dit le démon. — Tout doux, tout doux, ne te vante donc pas tellement : je suis aussi fort que toi et peut-être même encore plus. — Nous allons bien voir, dit le vieux, si tu es plus fort que moi, je te laisserai aller ; viens, nous allons essayer. » Alors il le conduisit jusqu'à un feu de forge en passant par des corridors sombres, là il prit une hache et d'un seul coup enfonça l'enclume dans le sol « Je fais mieux que ça encore », dit le garçon en se dirigeant vers l'autre enclume : le vieillard se plaça à côté de lui pour regarder, avec sa barbe blanche qui pendait. Alors le jeune homme saisit la hache et d'un seul coup il fendit l'enclume en coinçant dans la fente la barbe du vieux. « Je te tiens maintenant, dit-il, c'est ton tour de mourir. » Il s'empara alors d'une barre de fer et cogna sur le vieillard de toutes ses forces, jusqu'au moment où celui-ci, tout gémissant, le pria d'arrêter en lui promettant de grandes richesses. Le jeune homme retira la hache et le délivra. Le vieillard le ramena au château et, dans une cave, il lui montra trois coffres pleins d'or. « Il y en a une part pour les pauvres, dit-il, l'autre pour le roi, la troisième est pour toi. » A ce moment minuit sonna et l'esprit disparut, abandonnant le jeune homme dans les ténèbres. « Je me débrouillerai bien pour sortir d'ici », dit-il, il s'en fut à tâtons, trouva le chemin de sa chambre et s'y endormit près de son feu. Le lendemain matin, le roi arriva et dit : « Alors, as-tu appris ce que c'est que la peur ? — Non, répondit-il, qu'est-ce que ça peut bien être ? Feu mon cousin est venu, et aussi un homme barbu qui m'a montré beaucoup d'argent-là, en bas, quant à la peur, personne ne m'a dit ce que c'est. » Alors le roi lui dit : « Tu as délivré le château et tu épouseras ma fille. — Tout cela est bel et bon, dit-il, mais je ne sais toujours pas ce que c'est que la peur. »

On remonta l'or de la cave et l'on célébra les noces, mais quoiqu'il aimât sa femme et fût joyeux, le jeune roi ne cessait de dire : « Ah si je pouvais frissonner de peur ! Ah si je pouvais frissonner de peur ! » Cela finit par fâcher sa femme, et sa camériste lui dit : « Je vais trouver un moyen, il apprendra bien ce que c'est. » Elle alla au ruisseau qui traversait le jardin et se fit chercher un plein seau de goujons. La nuit, comme le jeune roi dormait, sa femme dut lui retirer ses couvertures et l'asperger avec le seau d'eau froide plein de goujons, de sorte que les petits poissons se mirent à frétiller autour de lui. Alors il se réveilla en s'écriant : « Oh ma chère femme, comme j'ai le frisson, comme j'ai le frisson ! Oui, à présent je sais ce que c'est ! »

Le fidèle Jean

Il était une fois un roi qui était malade et pensait : « Ce lit où je suis couché sera sans doute mon lit de mort. » Alors il dit : « Faites-moi venir le fidèle Jean. » Le fidèle Jean était son serviteur préféré et il s'appelait ainsi parce qu'il lui avait été si fidèle toute sa vie. Quand il fut à son chevet, le roi lui dit : « Mon fidèle Jean, je sens que ma fin approche, et je n'ai pas d'autre souci que celui de mon fils : il est encore à un âge tendre où on ne sait pas toujours quel parti prendre, et si tu ne me promets pas de l'instruire en tout ce qu'il doit savoir et d'être son père adoptif, je ne pourrai pas fermer les yeux en paix. » Alors le fidèle Jean répondit : « Je ne l'abandonnerai pas et le servirai fidèlement, dût-il m'en coûter la vie. » Et le vieux roi lui dit : « En ce cas je mourrai sans crainte et en paix. » Puis il ajouta : « Après ma mort, tu lui montreras tout le château, toutes les chambres, les salles, les souterrains et les trésors qui y sont :

mais tu ne lui montreras pas la dernière chambre au bout du long couloir où est caché le portrait de la princesse du Toit d'or. S'il aperçoit ce portrait, il concevra pour elle une passion violente et tombera en syncope et sera à cause d'elle exposé à de grands malheurs ; c'est de cela que tu dois le protéger. » Et quand le fidèle Jean eut encore une fois donné sa parole au vieux roi, celui-ci se tut, posa sa tête sur l'oreiller et mourut.

Quand le vieux roi eut été porté en terre, le fidèle Jean raconta au jeune roi ce qu'il avait promis à son père sur son lit de mort et dit : « Je tiendrai certainement ma promesse, je te serai fidèle comme à lui, et dût-il m'en coûter la vie. » Quand le deuil fut passé, le fidèle Jean lui dit : « Il est temps à présent que tu voies ton héritage : je vais te montrer le château de ton père. » Alors il lui fit tout visiter de haut en bas et lui montra toutes les richesses et les chambres somptueuses mais il n'ouvrit pas cette unique chambre où se trouvait le portrait dangereux. Or, le portrait était placé de telle sorte que, lorsque la porte s'ouvrait, le regard tombait droit sur lui, et il était si magnifiquement fait qu'on eût dit qu'il avait un corps et vivait, et il n'y avait rien de plus charmant et de plus beau dans le monde entier. Cependant le jeune roi ne fut pas sans remarquer que le fidèle Jean passait toujours devant la même porte et il lui dit : « Pourquoi ne m'ouvres-tu jamais cette porte-là ? — Il y a quelque chose dedans, répondit-il, qui te causera une grande frayeur. » Mais le jeune roi répondit : « J'ai vu tout le château, je veux savoir aussi ce qu'il y a là-dedans », il alla donc et voulut forcer la porte. Alors le fidèle Jean le retint et lui dit : « J'ai promis à ton père avant sa mort que tu ne verrais pas ce qu'il y a dans cette chambre : il pourrait s'ensuivre de grands malheurs pour toi et pour moi. — Que non, répondit le jeune roi, ma perte est bien plus sûre si je n'y entre pas : je n'aurai de répit ni jour ni nuit que je ne l'aie vu de mes propres yeux. Je ne quitterai pas la place tant que tu ne m'auras pas ouvert. »

Alors le fidèle Jean vit qu'il n'y avait plus rien à faire, et le cœur serré, en soupirant à fendre l'âme, il chercha la clé dans son grand trousseau. Quand il eut ouvert la porte, il entra le premier, pensant cacher le portrait afin que le roi ne le vît pas avant lui : mais à quoi bon ? Le roi se dressa sur la pointe des pieds et regarda par-dessus son épaule. Et quand il aperçut le portrait de la jeune fille, qui était si splendide et étincelait d'or et de pierreries, il tomba sans connaissance. Le fidèle Jean le releva, le porta sur son lit et se dit, soucieux : « Le malheur est arrivé, Dieu, que va-t-il advenir ! » Puis il lui donna du vin pour le réconforter jusqu'à ce qu'il retrouvât ses esprits. Le premier mot qu'il prononça fut : « Ah, qui est la femme de ce beau portrait ? — C'est la princesse du Toit d'or », répondit le fidèle Jean. Alors le roi continua : « Mon amour pour elle est si grand que si toutes les feuilles des arbres avaient des langues, elles ne pourraient pas l'exprimer ; je mets ma vie en jeu pour l'obtenir. Tu es mon fidèle Jean, il faut que tu m'aides. »

Le fidèle Jean réfléchit longtemps à la façon d'entreprendre la chose ; car il serait difficile d'aller simplement se présenter à la princesse. Enfin il imagina un moyen et dit au roi : « Tout ce qui l'entoure est d'or, tables, chaises, plats, coupes, bols et tous ustensiles de ménage. Dans ton trésor il y a cinq tonnes d'or, donnes-en une aux orfèvres du royaume, qui en feront toutes sortes de vases et de récipients, et toutes sortes d'oiseaux, de bêtes sauvages et fabuleuses, ça lui plaira, nous irons la trouver avec ces objets et nous tenterons notre chance. » Le roi envoya chercher tous les orfèvres, ils durent travailler jour et nuit jusqu'à ce que fussent enfin achevées les pièces les plus superbes. Lorsqu'on eut chargé tout cela sur un navire, le fidèle Jean revêtit des habits de marchand, et le roi dut faire de même pour se rendre tout à fait méconnaissable. Puis ils prirent la mer et naviguèrent tant et si bien qu'ils arrivèrent à une ville où habitait la princesse du Toit d'or.

Le fidèle Jean dit au roi de rester seul sur le navire et de l'attendre : « J'amènerai peut-être la princesse avec moi, dit-il, c'est pourquoi veillez à ce que tout soit en ordre, faites exposer les objets d'or et parer tout le bateau. » Là-dessus il fit un choix de toutes sortes d'objets qu'il mit dans son tablier, descendit à terre et se dirigea tout droit vers le château royal. Quand il arriva dans la cour, il vit à la fontaine une belle jeune fille qui avait deux seaux d'or à la main et puisait de l'eau. Et quand elle se retourna, voulant emporter l'eau scintillante, elle aperçut l'étranger et lui demanda qui il était. « Je suis marchand », répondit-il, et entrouvant son tablier, il lui montra ce qu'il y avait dedans. « Oh, la belle vaisselle d'or ! » s'écria-t-elle, puis elle posa ses seaux et admira les objets l'un après l'autre. La jeune fille dit alors : « Il faut que la princesse voie cela, elle prend tant de plaisir aux objets d'or qu'elle vous achètera tout. » Elle le prit par la main et le conduisit en haut, car c'était la camériste. Quand la princesse vit les articles, elle fut toute joyeuse et dit : « C'est si joliment travaillé que je t'achète tout. » Mais le fidèle Jean répondit : « Je ne suis que le serviteur d'un riche marchand : ce que j'ai là n'est rien à côté de ce que mon maître a placé sur son navire, et ce sont les choses les plus ingénieuses et les plus précieuses qui furent jamais façonnées en or. » Elle voulut qu'on lui montât tout, mais il dit : « Il y en a tant qu'il faudrait de nombreux jours, et plus de salles pour les ranger que n'en contient votre maison. » Alors sa curiosité et son envie la reprirent de plus belle, et elle finit par dire : « Conduis-moi au navire, je veux y aller moi-même et contempler les trésors de ton maître. »

Alors le fidèle Jean, tout heureux, la conduisit au navire, et quand le roi l'aperçut, il vit que sa beauté était encore plus grande que sur le portrait, et il ne douta pas que son cœur n'allât éclater. Elle monta sur le bateau et le roi la fit entrer ; mais le fidèle Jean resta en arrière, auprès du timonier, et lui dit de démarrer : « Mettez toutes voiles dehors, que le navire vole comme un oiseau dans les airs. » A l'intérieur, cependant, le roi lui montrait la vaisselle d'or, chaque pièce séparément, les plats, les coupes, les bols, les oiseaux, les bêtes sauvages et les animaux fabuleux. Tandis qu'elle contemplait tout cela, les heures passèrent, et dans sa joie, elle ne remarqua pas que le navire voguait au large. Quand elle eut admiré la dernière pièce, elle remercia le marchand et voulut rentrer ; mais en s'approchant du bord du bateau, elle vit qu'il était en haute mer et s'éloignait à toutes voiles : « Ah, s'écria-t-elle, épouvantée, on m'a trompée, j'ai été enlevée et je suis tombée au pouvoir d'un marchand ; plutôt mourir ! » Mais le roi la prit par la main et lui dit : « Je ne suis pas marchand, je suis roi et je ne te suis pas inférieur par la naissance mais que je t'aie enlevée par russe, cela n'est dû qu'à mon trop grand amour. La première fois que j'ai vu ton portrait, je suis tombé par terre, sans connaissance. » En entendant ces mots, la princesse du Toit d'or fut apaisée, et son cœur sentit un penchant pour lui, en sorte qu'elle consentit volontiers à devenir sa femme.

Or, tandis qu'ils s'éloignaient en haute mer, le fidèle Jean, qui était assis à l'avant et faisait de la musique, aperçut dans les airs trois corbeaux qui s'en venaient à tire-d'aile. Alors il cessa de jouer et écouta leur conversation, car il comprenait fort bien leur langage. L'un d'eux s'écria : « Hé, le voilà qui conduit chez lui la princesse du Toit d'or. — Oui, répondit le deuxième, il ne l'a pas encore. » Et le troisième : « Mais il l'a, elle est avec lui sur le bateau. » Le premier reprit alors : « La belle avance ! Quand ils seront à terre, un cheval roux bondira devant lui et il voudra se hisser sur son dos ; s'il le fait, il sera emporté au galop avec lui et disparaîtra dans les airs, si bien qu'il ne verra plus jamais sa fiancée. » Le deuxième dit : « N'y a-t-il pas de remède ? — Oh si, il faut qu'un autre se mette vivement en selle, prenne le fusil qui doit se trouver dans les fontes et tue le cheval d'un coup de feu, alors le jeune roi sera sauvé. Mais qui sait cela ! Et celui qui le saurait et le lui dirait serait changé en pierre depuis les orteils jusqu'aux genoux. » Alors le deuxième dit : « J'en sais davantage ; une fois le cheval tué, le jeune roi n'aura pas encore sa fiancée : quand ils arriveront ensemble au château, ils trouveront là, posée sur un plat, une chemise nuptiale factice qui a l'air d'être tissée d'argent et d'or, mais qui n'est que poix et soufre : s'il s'en revêt, il sera brûlé jusqu'à la moelle des os. » Le troisième dit : « N'y a-t-il pas de remède ? — Oh si, répondit le deuxième, si quelqu'un saisit la chemise avec des gants et la jette au feu afin qu'elle s'y consume, le jeune roi sera sauvé. Mais qui sait cela ! Et celui qui le saurait et le lui dirait serait changé en pierre depuis les genoux jusqu'au cœur. » Le troisième dit alors : « J'en sais davantage ; une fois la chemise nuptiale brûlée, le jeune roi n'aura pas encore sa fiancée : après la noce, quand le bal s'ouvrira et que la jeune reine se mettra à danser, elle pâlira subitement et tombera comme morte : et elle mourra si quelqu'un ne la relève pas et ne lui tire pas du sein droit trois gouttes de sang qu'il devra aussitôt recracher. Mais si celui qui sait cela le disait, il serait changé en pierre de la tête aux pieds. » Quand les corbeaux eurent échangé ces paroles, ils continuèrent leur vol, et le fidèle Jean avait tout compris, mais à partir de cet instant, il se montra silencieux et triste ; car s'il cachait à son maître ce qu'il avait entendu, celui-ci serait malheureux ; s'il le lui révélait, c'est lui-même qui devrait le payer de sa vie. Enfin il se dit : « Je vais sauver mon maître, et dussé-je moi-même en périr. »

Or donc, comme ils arrivaient à terre, un splendide coursier roux s'en vint au galop : « Eh bien, dit le roi, il me portera au château », et il voulut se mettre en selle, mais le fidèle Jean prit les devants, il s'élança vivement, tira le fusil des fontes et abattit le cheval. Alors les autres serviteurs du roi, qui n'aimaient pas beaucoup le fidèle Jean, s'écrièrent : « Quelle honte de tuer cette belle bête qui devait porter le roi en son château ! » Mais le roi répondit : « Taisez-vous et laissez-le faire, c'est mon fidèle Jean, qui sait à quoi cela peut être bon ! » Ensuite ils allèrent au château et là, dans la salle, il y avait un plat où était posée la chemise nuptiale factice et elle avait bel et bien l'air d'être d'or et d'argent. Le jeune roi s'en approcha et voulut la prendre, mais le fidèle Jean l'écarta, saisit la chemise avec des gants, la jeta vivement au feu et la laissa se consumer. Les autres serviteurs recommencèrent à murmurer et dirent : « Voyez donc, voilà maintenant qu'il brûle la chemise nuptiale du roi. » Mais le jeune roi dit : « Qui sait à quoi cela peut être bon, laissez-le faire, c'est mon fidèle Jean. » Puis on célébra les noces : le bal commença et la mariée entra à son tour dans la danse, alors le fidèle Jean fit attention et observa son visage ; tout à coup elle pâlit et tomba comme morte sur le sol. Alors il se précipita vers elle en toute hâte, la releva et la porta dans une chambre, puis il la coucha, s'agenouilla devant elle, suça les trois gouttes de sang de son sein droit et les recracha aussitôt. Peu après elle reprit son souffle et se remit, mais le jeune roi avait vu ce qui s'était passé et, ignorant pourquoi le fidèle Jean l'avait fait, il en conçut de la colère et s'écria : « Qu'on le jette en prison ! » Le lendemain, le fidèle Jean fut condamné et conduit à la potence, et quand il fut en haut, prêt à être exécuté, il dit : « Tout homme qui doit mourir a le droit de parler une fois encore avant sa fin, aurais-je ce droit aussi ? — Oui, répondit le roi, je te l'accorde. » Le fidèle Jean dit alors : « Je suis injustement condamné et je t'ai toujours été fidèle. » Et il raconta comment il avait entendu la conversation des corbeaux en mer et tout ce qu'il avait dû faire pour sauver son maître. Alors le roi s'écria : « Ô mon fidèle Jean ! Grâce ! Grâce ! Faites-le descendre ! » Mais à l'instant où il avait prononcé le dernier mot, le fidèle Jean était tombé, inerte, et s'était changé en pierre.

Le roi et la reine en furent très affligés et le roi dit : « Ah, comme j'ai mal récompensé sa grande fidélité ! » et il ordonna de relever l'image de pierre et de la placer dans sa chambre à côté de son lit. Chaque fois qu'il la regardait, il se mettait à pleurer et disait : « Ah, que ne puis-je te ranimer, mon fidèle Jean. » Il se passa un certain temps, puis la reine mit au monde deux jumeaux, deux petits garçons qui grandissaient et faisaient toute sa joie. Un jour que la reine était à l'église et que les deux enfants étaient en train de jouer auprès de leur père, celui-ci regarda une fois de plus l'image de pierre avec des yeux pleins de tristesse, soupira et dit : « Ah, que ne puis-je te ranimer, mon fidèle Jean. » Alors la pierre se mit à parler et dit : « Oui, tu peux me ranimer, à condition que tu me sacrifies ce que tu as de plus cher. » Alors le roi s'écria : « Je donnerai pour toi tout ce que j'ai au monde. » Et la pierre continua : « Si, de tes propres mains, tu coupes la tête de tes deux enfants et que tu me frottes avec leur sang, je recouvrerai la vie. » En entendant qu'il devait tuer lui-même ses enfants chéris, le roi fut épouvanté, mais il pensa à sa grande fidélité et que le fidèle Jean était mort pour lui, il tira donc son épée et décapita ses enfants de sa propre main. Et quand il eut frotté la pierre avec leur sang, la vie lui revint et le fidèle Jean se trouva frais et dispos devant lui. Il dit au roi : « Ta fidélité ne sera pas sans récompense », il prit la tête des enfants, les plaça sur leurs épaules et frotta les plaies avec leur sang, en un clin d'œil ils furent sains et saufs, se mirent à sauter de tous côtés et continuèrent de jouer comme si rien ne s'était passé. Le roi fut empli de joie et quand il vit venir la reine, il cacha le fidèle Jean et les deux enfants dans une grande armoire. Quand elle entra, il lui dit : « As-tu prié à l'église ? — Oui, dit-elle, mais je n'ai cessé de penser au fidèle Jean, qui a connu un sort si malheureux à cause de nous. » Alors il dit : « Ma chère femme, nous pouvons lui rendre la vie, mais cela nous coûtera nos deux petits garçons, il nous faudra les sacrifier. » La reine pâlit et fut épouvantée en son cœur, pourtant elle dit : « Nous le lui devons à cause de sa grande fidélité. » Alors il se réjouit de voir qu'elle avait eu la même pensée que lui, il alla à l'armoire, l'ouvrit, fit sortir les enfants et le fidèle Jean et dit : « Dieu soit loué, il est délivré et nous avons retrouvé nos fils » et il lui raconta ce qui s'était passé. Alors ils vécurent ensemble et furent heureux jusqu'à la fin de leurs jours.

Les douze frères

Il était une fois un roi et une reine qui vivaient paisiblement ensemble et avaient douze enfants, mais ce n'étaient rien que des garçons. Or le roi dit à sa femme : « Si le treizième enfant que tu mettras au monde est une fille, les douze garçons devront mourir afin qu'elle ait de grandes richesses et qu'elle soit l'unique héritière du royaume. » En effet, il fit confectionner douze cercueils qui étaient déjà remplis de copeaux et chacun d'eux contenait le petit coussin mortuaire, et il les fit porter dans une chambre fermée, puis il donna la clé à sa femme en lui défendant d'en parler à personne.

Désormais, la mère demeura assise toute la journée à s'affliger, en sorte que son plus jeune fils, qui était toujours auprès d'elle et qu'elle appelait Benjamin en souvenir de la Bible, lui dit : « Chère mère, pourquoi es-tu si triste ? — Mon cher enfant, répondit-elle, il ne m'est pas permis de te le dire. » Mais il ne lui laissa pas de répit qu'elle n'ait ouvert la chambre et ne lui ait montré les douze cercueils déjà remplis de copeaux. Ensuite elle dit : « Mon Benjamin chéri, ton père a fait faire ces cercueils pour toi et tes onze frères, car si j'accouche d'une fille, vous serez tous tués et enterrés là-dedans. » Et comme elle fondait en larmes en disant ces mots, son fils la consola et lui dit : « Ne pleure pas, chère mère, nous saurons bien nous tirer d'affaire et nous allons partir. » Mais elle lui dit : « Va avec tes onze frères dans la forêt, l'un de vous se perchera sur l'arbre le plus haut qui se puisse trouver, il montera la garde et surveillera le donjon du château. Si j'accouche d'un garçon, je hisserai un drapeau blanc et vous pourrez revenir, si c'est une fille, je hisserai un drapeau rouge, et alors fuyez aussi vite que vous le pourrez, et que le bon Dieu vous garde. Chaque nuit je me lèverai et je prierai pour vous, en hiver pour que vous ayez un foyer où vous réchauffer, en été pour que vous ne souffriez pas les tourments de la chaleur. »

Quand elle eut ainsi béni ses fils, ils prirent le chemin de la forêt. L'un d'eux, perché sur le chêne le plus haut, montait la garde pour les autres et observait le donjon. Quand, au bout de onze jours, ce fut le tour de Benjamin, il vit hisser un drapeau : ce n'était pas le drapeau blanc, mais le rouge drapeau sanglant leur annonçant qu'ils allaient tous mourir. Quand les frères entendirent cela, ils furent pris de colère et dirent : « Devrons-nous souffrir la mort à cause d'une fille ! Nous jurons de nous venger : où que nous trouvions une fille son sang rouge coulera. »

Là-dessus ils s'enfoncèrent plus profondément dans la forêt et au beau milieu, au plus épais des taillis, ils trouvèrent une petite chaumière enchantée qui était vide. Alors ils dirent : « Nous allons habiter ici, et toi, Benjamin, qui es le plus jeune et le plus chétif, tu resteras à la maison et tu la tiendras en ordre, nous autres nous sortirons pour nous procurer de la nourriture. » Ils parcoururent donc la forêt et tirèrent des lièvres, des chevreuils sauvages, des oiseaux, des pigeons, et tout ce qu'ils ramassaient comme nourriture, ils le portaient à Benjamin, qui devait le leur préparer afin qu'ils apaisent leur faim. Ils vécurent dix ans dans la maisonnette et le temps ne leur parut pas long.

Cependant, la petite fille que la reine leur mère avait mise au monde avait grandi, elle était bonne de cœur et belle de visage et portait une étoile d'or sur le front. Un jour de grande lessive, elle vit parmi le linge douze chemises d'homme et demanda à sa mère : « A qui sont ces douze chemises ? elles sont bien trop petites pour mon père. » Le cœur serré, celle-ci répondit : « Chère enfant, elles appartiennent à tes douze frères. » Et la jeune fille dit : « Où sont mes douze frères ? je n'ai jamais entendu parler d'eux. » Elle répondit : « Dieu sait où ils sont, ils errent de par le monde. » Alors elle emmena la fillette, lui ouvrit la chambre et lui montra les douze cercueils avec les copeaux et les coussins mortuaires. « Ces cercueils, dit-elle, étaient destinés à tes frères, mais ils sont partis en cachette avant que tu fusses née », et elle lui raconta tout ce qui s'était passé. Alors la fillette dit : « Chère mère, ne pleure pas, je vais aller chercher mes frères. »

Elle prit donc les douze chemises et s'en fut tout droit dans la grande forêt. Elle marcha tout le jour, et le soir, elle arriva à la maison enchantée. Elle entra et trouva un jeune garçon qui lui demanda : « D'où viens-tu et où veux-tu aller ? » et il s'étonna qu'elle fût si belle, qu'elle portât des habits royaux et eût une étoile sur le front. Alors elle répondit : « Je suis fille de roi et je cherche mes douze frères, j'irai pour les trouver aussi loin qu'on voit le ciel bleu. » Puis elle lui montra les douze chemises qui leur appartenaient. Benjamin vit alors qu'elle était sa sœur et dit : « Je suis Benjamin, ton plus jeune frère. » Et elle se mit à pleurer de joie et Benjamin en fit autant, et ils s'embrassèrent et se firent mille caresses dans leur grand amour. Ensuite il dit : « Ma chère sœur, il y a encore une réserve ; nous étions convenus de faire mourir toutes les jeunes filles que nous pourrions rencontrer, parce que nous avons dû abandonner notre royaume à cause d'une fille. — Je mourrai volontiers si je peux ainsi délivrer mes douze frères. — Non, répondit-il, tu ne mourras pas, cache-toi sous ce baquet jusqu'au retour de nos frères, ensuite je m'arrangerai bien avec eux. »

C'est ce qu'elle fit ; et comme la nuit tombait, les autres rentrèrent de la chasse et le repas ce trouva prêt. Quand ils furent à table en train de manger, ils dirent : « Quoi de neuf ? » Et Benjamin de répondre : « Vous ne savez rien ? — Non », dirent-ils. Et il continua : « Vous êtes allés dans la forêt et moi qui suis resté à la maison j'en sais encore plus que vous — Alors raconte », s'écrièrent-ils. « Me promettez-vous aussi de laisser la vie sauve à la première fille que nous rencontrerons ? — Oui, s'écrièrent-ils tous ensemble, nous lui ferons grâce, mais raconte donc. » Alors il dit : « Notre sœur est là » et il souleva le baquet et la fille du roi apparut avec ses habits royaux et son étoile d'or sur le front, et elle était si belle, si gracieuse et si délicate qu'ils se réjouirent tous, lui sautèrent au cou, l'embrassèrent et se mirent à l'aimer de tout leur cœur.

Désormais elle resta à la maison avec Benjamin et l'aida à faire son ouvrage. Les onze autres allaient dans la forêt, attrapaient du gibier, des chevreuils, des oiseaux et des pigeons mâles afin qu'ils aient à manger, et leur sœur et Benjamin se chargeaient de préparer les mets. Elle ramassait du bois pour la cuisine et des fines herbes pour les légumes et mettait les marmites sur le feu, en sorte que le repas était toujours prêt quand les onze frères rentraient. Elle tenait également la maisonnette en ordre et mettait aux petits lits des draps bien blancs et bien propres, et les frères étaient toujours contents et vivaient avec elle en parfaite harmonie.

Un certain jour, les deux enfants avaient préparé un bon repas à la maison, et quand ils furent tous réunis, ils se mirent à table, burent et mangèrent et se sentirent tout joyeux. Or, la maison enchantée avait un jardinet dans lequel se trouvaient douze lis, de ceux qu'on appelle aussi étudiants : comme elle voulait faire plaisir à ses frères, elle cueillit les douze fleurs pensant en donner une à chacun pendant le repas. Mais à l'instant même où elle cueillait les fleurs, voici que ses douze frères se changèrent en douze corbeaux qui volèrent à tire-d'aile au-dessus de la forêt, et que la maison disparut aussi avec le jardin. La pauvre fillette se trouva donc toute seule dans la forêt sauvage et comme elle regardait autour d'elle, une vieille femme apparut à ses côtés et lui dit : « Qu'as-tu fait là, mon enfant ? Pourquoi n'as-tu pas laissé les douze lis blancs où ils étaient ? C'étaient tes frères, et maintenant ils sont pour toujours changés en corbeaux. » La fillette dit en versant des larmes : « N'y a-t-il pas un moyen de les délivrer ? — Non, dit la vieille, il n'y en a qu'un dans le monde entier, mais il est si difficile que tu ne pourras pas les délivrer de cette façon, car il te faudrait être muette pendant sept ans, sans pouvoir ni parler ni rire, et si tu disais un seul mot et qu'il ne manquât qu'une heure pour que les sept ans fussent accomplis, tout serait vain et tes frères mourraient à cause de cette unique parole. »

Alors la fillette se dit en son cœur : je suis certaine de délivrer mes frères, et elle partit, chercha un arbre élevé sur lequel elle monta, puis elle s'assit et se mit à filer, et resta sans parler ni rire. Or il advint qu'un roi était à la chasse dans la forêt ; il avait un grand lévrier qui courut à l'arbre où la jeune fille était perchée, fit des bonds tout autour, jappa et aboya en regardant en l'air. Alors le roi s'approcha et vit la belle princesse avec l'étoile d'or au front, et fut si ravi de sa beauté qu'il lui demanda d'en bas si elle voulait devenir sa femme. Elle ne répondit point, mais fit un léger signe de tête. Alors il monta lui-même dans l'arbre, la descendit dans ses bras, la mit sur son cheval et la conduisit chez lui. Puis on célébra les noces en grande pompe et allégresse : mais la mariée ne parla ni ne rit. Quand ils eurent vécu heureux pendant quelques années, la mère du roi, qui était une méchante femme, commença à calomnier la jeune reine et dit au roi : « C'est une vile mendiante que tu t'es choisie ; qui sait quels tours pendables elle fait en cachette. Si elle est muette et ne peut pas parler, elle pourrait au moins rire, mais qui ne rit pas a mauvaise conscience. » Le roi ne voulut d'abord pas la croire, mais elle le travailla si longtemps et elle accusa la reine de tant de choses mauvaises que le roi finit par se laisser convaincre et la condamna à mort.

On alluma donc dans la cour un grand bûcher où elle devait être brûlée : et le roi se tenait en haut, à la fenêtre, et regardait avec des larmes dans les yeux, parce qu'il l'aimait tant encore. Et quand elle fut attachée au poteau et que les flammes commencèrent de lécher ses vêtements de leurs langues rouges, le dernier instant des sept années venait justement de s'écouler. Alors on entendit dans les airs un frémissement d'ailes, et douze corbeaux s'en vinrent et se posèrent : et comme ils touchaient terre, voici que c'étaient ses douze frères qu'elle avait délivrés. Ils défirent le bûcher, éteignirent les flammes, libérèrent leur chère sœur, l'embrassèrent et la couvrirent de caresses. Alors, comme elle avait maintenant le droit d'ouvrir la bouche et de parler, elle raconta au roi pourquoi elle avait été muette et n'avait jamais ri. Le roi se réjouit d'apprendre qu'elle était innocente, et désormais ils vécurent tous ensemble et furent unis jusqu'à la mort. La méchante belle-mère dut comparaître en justice, on la mit dans un tonneau rempli d'huile bouillante et de serpents venimeux, et elle mourut de malemort.

Les trois nains de la forêt

Il était un homme dont la femme mourut, et une femme dont le mari mourut ; et l'homme avait une fille, et la femme avait une fille. Les petites filles se connaissaient et allaient se promener ensemble et rentraient ensuite à la maison de la femme. Alors elle dit à la fille de l'homme : « Écoute, dis à ton père que je veux l'épouser, alors tu auras chaque matin du lait pour te laver et du vin à boire, tandis que ma fille se lavera dans de l'eau et boira de l'eau. » La petite fille rentra chez elle et raconta à son père ce que la femme avait dit. L'homme : « Que dois-je faire ? Le mariage est une joie et aussi un tourment. » Pour finir, comme il ne parvenait pas à se décider, il retira sa botte et dit : « Prends cette botte, la semelle en est percée, va avec au grenier, pends-la au gros clou et verse de l'eau dedans. Si elle ne fuit pas, je me remarierai, mais si elle fuit, je refuse. » La fillette fit ce qu'il lui avait ordonné : mais sous l'effet de l'eau le trou se resserra et la botte se remplit jusqu'au bord. Elle rapporta à son père ce que le sort avait décidé. Alors il monta voir lui-même et il constata que c'était vrai ; il alla demander la veuve en mariage et les noces eurent lieu.

Le lendemain, quand les deux jeunes filles se levèrent, la fille de l'homme trouva du lait pour se laver et du vin à boire, tandis que la fille de la femme avait de l'eau pour se laver et de l'eau à boire. Le surlendemain, il y eut pour l'une comme pour l'autre de l'eau pour se laver et de l'eau à boire. Et le troisième jour la fille de l'homme eut de l'eau pour se laver et de l'eau à boire, tandis que la fille de la femme avait du lait pour se laver et du vin à boire, et on en resta là. La femme se mit à détester cordialement sa belle-fille et ne sut qu'inventer pour lui rendre la vie de plus en plus dure. De plus elle était jalouse, parce que sa belle-fille était belle et aimable, tandis que sa vraie fille était laide et repoussante.

Un jour d'hiver, comme il avait gelé à pierre fendre et que monts et vallées étaient ensevelis sous la neige, la femme confectionna une robe de papier, appela la jeune fille et lui dit : « Mets cette robe, va dans la forêt et rapporte-moi un petit panier de fraises : j'en ai envie. — Mon Dieu, dit la jeune fille, c'est que les fraises ne poussent pas en hiver, la terre est gelée, et puis la neige a tout recouvert. Et pourquoi irais-je dans cette robe de papier ? Il fait si froid dehors qu'on en a l'haleine gelée : le vent va passer au travers et les ronces me l'arracheront. — Vas-tu encore répliquer ? répondit la belle-mère, tâche de filer et ne t'avise pas de reparaître avant d'avoir rempli le panier de fraises. » Après quoi elle lui donna un petit bout de pain dur et dit : « Tu en auras pour toute la journée », et elle pensait qu'elle allait mourir de faim et de froid et qu'elle ne reparaîtrait jamais devant ses yeux.

Or la jeune fille était obéissante, elle mit la robe de papier et s'en alla avec son petit panier. Il n'y avait rien que de la neige à la ronde, et l'on ne voyait pas le moindre brin d'herbe. En arrivant dans la forêt, elle aperçut une petite maison où trois nains étaient à la fenêtre. Elle leur souhaita le bonjour et frappa discrètement à la porte. Ils lui crièrent d'entrer, elle entra dans la pièce et s'assit sur un banc près du poêle, afin de se réchauffer et de manger son goûter. Les nains lui dirent : « Donne-nous-en un morceau. — Volontiers », dit-elle, elle coupa son morceau de pain en deux et leur en donna la moitié. Ils lui demandèrent : « Que vas-tu faire dans la forêt par ce jour d'hiver, avec ta petite robe mince ? — Ah ! dit-elle, il faut que je cherche des fraises pour remplir mon panier et tant que je ne le rapporterai pas je ne pourrai pas rentrer à la maison. » Quand elle eut mangé son pain, ils lui donnèrent un balai et dirent : « Balaie la neige à la porte de derrière. » Mais quand elle fut dehors, les trois petits hommes se dirent : « Qu'allons-nous lui donner pour la récompenser d'être si gentille et si bonne et d'avoir partagé son pain avec nous ? » Alors le premier dit : « Elle aura le don d'embellir de jour en jour. » Le deuxième dit : « Il lui tombera des pièces d'or de la bouche chaque fois qu'elle proférera un mot. » Le troisième dit : « Un roi viendra et la prendra pour femme. »

Cependant la jeune fille faisait ce que les nains lui avaient dit, elle balayait la neige, derrière la petite maison, et que croyez-vous qu'elle trouva ? Rien que des fraises mûres qui faisaient des taches rouges sombre sur la neige. Alors, dans sa joie, elle en ramassa plein son panier, remercia les petits hommes, donna la main à chacun d'eux et rentra chez elle en courant pour rapporter ce que sa belle-mère lui avait demandé. Comme elle disait « Bonjour » en entrant, aussitôt une pièce d'or lui tomba de la bouche. Puis elle raconta ce qui lui était arrivé dans la forêt, et à chaque mot qu'elle prononçait les pièces d'or lui sortaient de la bouche, de sorte que bientôt toute la pièce en fut couverte. « Voyez un peu cette outrecuidance, dit sa demi-sœur, gaspiller ainsi l'argent », mais elle était secrètement jalouse et voulut aller à son tour chercher des fraises dans la forêt. « Non, ma petite fille, dit la mère, il fait trop froid, tu pourrais en mourir. » Mais comme elle ne lui laissait pas de répit, elle finit par céder, lui fit une splendide veste de fourrure, qu'elle dut mettre, et lui donna des tartines et un gâteau pour la route.

La jeune fille alla dans la forêt et se dirigea tout droit vers la petite maison, les trois petits hommes étaient toujours à la fenêtre, mais elle ne les salua pas et sans leur accorder un regard ni un bonjour, elle entra dans la pièce en trébuchant, s'assit près du poêle et se mit à manger ses tartines et son gâteau. « Donne-nous-en un morceau », s'écrièrent les petits hommes, mais elle répondit : « Je n'en ai pas assez pour moi, comment en donnerais-je encore aux autres ? » Quand elle eut fini de manger, ils lui dirent : « Voici un balai, nettoie la neige dehors, à la porte de derrière. » Mais elle répondit : « Hé, balayez vous-mêmes, je ne suis pas votre servante. » Voyant qu'ils ne voulaient rien lui donner, elle prit la porte et s'en alla. Alors les trois petits hommes se dirent entre eux : « Qu'allons-nous lui donner pour la punir d'être si désagréable et d'avoir un cœur méchant et jaloux qui n'accorde rien à personne ? » Le premier dit : « Elle aura le don d'enlaidir de jour en jour. » Le deuxième dit : « A chaque mot qu'elle prononcera, un crapaud lui sortira de la bouche. » Le troisième dit : « Elle mourra d'une mort terrible. » La jeune fille cherchait des fraises dehors ; mais comme elle n'en trouva pas, elle rentra de méchante humeur à la maison. Et quand elle ouvrit la bouche pour raconter à sa mère ce qui lui était arrivé dans la forêt, voici qu'à chaque mot un crapaud lui sortait de la bouche, de sorte qu'elle inspirait à tous de la répulsion.

A présent la belle-mère était encore plus en colère et ne pensait plus qu'à faire tout le mal possible à la fille de l'homme, dont la beauté croissait vraiment de jour en jour. Enfin elle prit un chaudron, le mit sur le feu et y fit bouillir du fil. Quand il fut bouilli, elle le pendit aux épaules de la jeune fille et lui donna une hache; elle devait aller avec cela sur la rivière gelée, faire un trou dans la glace et rouir le fil. Comme elle était obéissante, elle y alla, fit un trou dans la glace et elle était en train de creuser quand passa un splendide carrosse dans lequel se trouvait le roi. Le carrosse s'arrêta et le roi demanda : « Mon enfant, qui es-tu et que fais-tu là ? » « Je suis une pauvre fille et je rouis du fil. » Alors le roi la prit en pitié et quand il vit qu'elle était si belle, il lui dit : « Veux-tu venir avec moi ? » « Oh oui, de tout cœur », répondit-elle, car elle était bien aise de ne plus avoir à paraître devant sa mère et sa sœur.

Elle monta donc dans le carrosse et quand ils furent arrivés au château, on célébra la noce en grande pompe, selon le don que les nains lui avaient fait. Au bout d'un an, la jeune reine eut un fils, et quand sa belle-mère eut entendu parler de son grand bonheur, elle vint au château avec sa fille et feignit de vouloir lui faire une visite. Mais comme le roi était sorti un moment et qu'il n'y avait personne d'autre dans la chambre, la méchante femme saisit la reine par la tête, sa fille la saisit par les pieds, puis elles la soulevèrent du lit et la jetèrent par la fenêtre dans le fleuve qui coulait devant. Après quoi elle coucha sa vilaine fille dans le lit, et la vieille la couvrit jusqu'à la tête. Quand le roi revint et voulut parler à sa femme, la vieille s'écria : « Chut chut, pas maintenant, elle est toute baignée de sueur, il faut la laisser en repos aujourd'hui. » Le roi n'y vit rien de mal et ne revint que le lendemain matin, et quand il se mit à parler à sa femme et qu'elle lui répondit, voici qu'à chaque mot un crapaud lui sortait de la bouche, tandis que d'ordinaire il en tombait une pièce d'or. Il demanda alors comment cela se faisait, mais la vieille lui dit que cela venait de la forte transpiration et que cela ne tarderait pas à disparaître.

La nuit, pourtant, le marmiton vit une cane qui nageait dans le caniveau et disait :

Roi, que fais-tu ?
Dors-tu ou veilles-tu ?

Et comme il ne donnait pas de réponse, elle dit :

Que font mes hôtes ?

Alors le marmiton répondit :

Ils dorment d'un sommeil profond.

Elle demanda encore :

Que fait mon petit enfant ?

Et il répondit :

Dans son berceau il dort gentiment.

Alors la reine reprit sa forme et monta, elle lui donna à boire, arrangea son petit lit, le couvrit et repartit sous l'aspect d'une cane en nageant dans le caniveau. Elle vint ainsi deux nuits de suite, la troisième nuit elle dit au marmiton : « Va dire au roi de prendre son épée et de la brandir trois fois sur le seuil au-dessus de moi. » Le marmiton courut le dire au roi, qui vint avec son épée et la brandit trois fois au-dessus du fantôme : et à la troisième fois son épouse se trouva devant lui, fraîche, saine et sauve, telle qu'elle était auparavant.

Alors le roi fut en grande joie ; mais il tint la reine cachée dans un cabinet jusqu'au dimanche, où l'enfant devait être baptisé. Et quand il fut baptisé, il dit : « Que convient-il de faire à quelqu'un qui en a tiré un autre du lit et l'a jeté à l'eau ? — Il ne mérite rien de mieux, dit la vieille, que d'être mis dans un tonneau garni de clous que l'on fera rouler du haut de la montagne jusqu'au fleuve. » Alors le roi dit : « Tu as prononcé ta sentence », il fit faire un tonneau semblable et mettre la vieille avec sa fille dedans, puis le fond fut cloué et le tonneau dégringolant le long de la montagne roula jusqu'au fleuve.

Jeannot et Margot

A l'orée d'un grand bois habitait un pauvre bûcheron avec sa femme et ses deux enfants, le petit garçon se nommait Jeannot, la petite fille Margot. Il avait peu de choses à se mettre sous la dent, et une fois qu'une grande disette s'était abattue sur le pays, il ne put pas même se procurer le pain quotidien. Un soir qu'il se tracassait et que les soucis le faisaient se retourner dans son lit, il soupira et dit à sa femme : « Qu'allons-nous devenir ? Comment pourrons-nous nourrir nos pauvres enfants, alors que nous n'avons plus rien pour nous-mêmes ? — J'ai une idée, homme, répondit la femme, demain, de bon matin nous conduirons les enfants dans le bois, au plus épais des fourrés. Là nous leur ferons du feu, nous donnerons encore un petit bout de pain à chacun, puis nous irons à l'ouvrage et nous les laisserons seuls. Ils ne retrouveront pas le chemin de la maison et nous en serons débarrassés. — Non, femme, dit le mari, je ne ferai pas cela, comment aurais-je le cœur d'abandonner mes enfants dans la forêt, les bêtes sauvages viendraient bientôt les déchirer. — Sot que tu es, dit-elle, alors nous mourrons de faim tous les quatre, tu n'as plus qu'à raboter les planches de nos cercueils », et elle ne lui laissa ni trêve ni repos qu'il n'ait consenti. « Tout de même, ces pauvres enfants me font pitié », dit l'homme.

Les deux enfants avaient tellement faim qu'ils n'avaient pas pu s'endormir non plus et ils avaient entendu ce que la marâtre avait dit à leur père. Margot versa des larmes amères et dit à Jeannot : « Maintenant, c'en est fait de nous. — Chut, Margot, dit Jeannot, ne te tourmente pas, je nous tirerai bien d'affaire. » Et quand les vieux furent endormis, il se leva, mit sa petite veste, ouvrit le bas de la porte et se glissa dehors. Il faisait un beau clair de lune, et les cailloux blancs qui étaient répandus devant la maison brillaient comme de vrais sous neufs. Jeannot se baissa et en fourra dans ses poches autant qu'il voulut en entrer. Puis il rentra et dit à Margot : « Aie confiance, chère petite sœur, et endors-toi tranquillement, Dieu ne nous abandonnera pas. » Et il se recoucha.

A l'aube, avant même que le soleil fût levé, la femme entrait déjà et réveillait les deux enfants : « Debout, paresseux, nous allons dans la forêt chercher du bois. » Puis elle donna à chacun un petit morceau de pain et dit : « Voilà quelque chose pour votre midi, mais ne le mangez pas avant, vous n'aurez rien de plus. » Margot mit le pain sous son tablier, parce que Jeannot avait les cailloux dans sa poche. Ensuite ils prirent tous le chemin du bois. Quand ils eurent marché un petit bout de temps, Jeannot s'arrêta, se retourna pour voir du côté de la maison et tout le temps recommença ce manège. Le père dit : « Jeannot, qu'as-tu à lorgner et à rester en arrière ? fais attention et n'oublie pas tes jambes. — Ah, père, dit Jeannot, je regarde mon chaton blanc, il est perché sur le toit et veut me dire adieu. » La femme dit : « Petit sot, ce n'est pas ton chaton, c'est le soleil du matin qui brille sur la cheminée. » Cependant Jeannot n'avait pas regardé son petit chat, mais chaque fois il avait jeté sur le chemin un des petits cailloux blancs de sa poche.

Quand ils furent arrivés en pleine forêt, le père dit : « Maintenant, ramassez du bois, mes enfants, je vais faire du feu pour que vous n'ayez pas froid. » Jeannot et Margot ramassèrent du petit bois et en firent un tas haut comme une petite montagne. Le fagot fut allumé et quand la flamme brûla bien haut, la femme dit : « Maintenant couchez-vous auprès du feu, mes enfants, et reposez-vous, nous allons dans la forêt abattre du bois. Quand nous aurons fini, nous reviendrons vous chercher. »

Jeannot et Margot restèrent assis auprès du feu et quand vint midi, ils mangèrent chacun leur petit bout de pain. Et comme ils entendaient les coups de la cognée, ils croyaient que leur père était dans le voisinage. Mais ce n'était pas la cognée, c'était une branche que leur père avait attachée à un arbre mort et que le vent battait de-ci de-là. Et quand ils furent restés ainsi longtemps, leurs yeux se fermèrent de fatigue et ils s'endormirent profondément. Lorsqu'ils se réveillèrent enfin, il faisait déjà nuit noire. Margot se mit à pleurer et dit : « Comment allons-nous sortir du bois à présent ? » Mais Jeannot la consola : « Attends un petit moment que la lune soit levée, alors nous trouverons bien notre chemin. » Et quand la pleine lune fut levée, Jeannot prit sa petite sœur par la main et suivit les cailloux qui luisaient comme des sous nouvellement frappés et leur montraient le chemin. Ils marchèrent toute la nuit et arrivèrent à la maison de leur père au lever du jour. Ils frappèrent à la porte et quand la femme ouvrit et vit que c'était Jeannot et Margot, elle dit : « Méchants enfants, pourquoi avez-vous dormi si longtemps dans la forêt, nous avons cru que vous ne vouliez plus rentrer du tout. » Mais le père se réjouit, car il avait du chagrin de les avoir laissés ainsi tout seuls.

Peu de temps après, la misère fut de nouveau partout dans la maison, et une nuit, les enfants entendirent leur mère dire à leur père dans le lit : « Tout a été de nouveau mangé, nous avons encore la moitié d'une miche de pain, et après, finie la chanson. Il faut que les enfants s'en aillent, nous les conduirons plus loin dans la forêt afin qu'ils ne trouvent pas le chemin pour en sortir, autrement pas de salut pour nous. » L'homme eut le cœur serré et il pensa : « Il vaudrait mieux partager ta dernière bouchée avec tes enfants. » Mais la femme ne voulut rien savoir de ce qu'il disait, elle l'injuria et lui fit des reproches. Il n'y a que le premier pas qui coûte, et comme il avait cédé la première fois, il dut céder aussi la deuxième.

Mais les enfants étaient encore éveillés et ils avaient entendu la conversation. Quand les vieux furent endormis, Jeannot se releva et voulut sortir pour ramasser des cailloux comme l'autre fois, mais la femme avait fermé la porte à clé et il ne put sortir. Pourtant il consola sa petite sœur et dit : « Ne pleure pas, Margot, et dors tranquille, le bon Dieu nous viendra bien en aide. »

Au petit matin, la femme vint chercher les enfants dans leur lit. On leur donna leur bout de pain, mais il était encore plus petit que la première fois. Sur la route de la forêt, Jeannot l'émietta dans sa poche, il s'arrêtait souvent et en jetait une miette par terre. « Jeannot, qu'as-tu à t'arrêter et à lorgner autour de toi ? dit le père, allons, marche. — Je regarde mon pigeonneau, il est perché sur le toit et veut me dire adieu. — Petit sot, dit la femme, ce n'est pas ton pigeonneau, c'est le soleil du matin qui luit sur le haut de la cheminée. » Mais petit à petit, Jeannot jeta toutes les miettes sur le chemin.

La femme conduisit les enfants encore plus

loin dans la forêt, là où ils n'avaient jamais été de leur vie. On fit de nouveau un grand feu et la mère leur dit : « Restez là, enfants, et quand vous serez fatigués, vous pourrez dormir un peu. Nous allons dans la forêt abattre du bois et ce soir, quand nous aurons fini, nous viendrons vous chercher. » Quand il fut midi, Margot partagea son pain avec Jeannot qui avait semé son morceau le long du chemin. Ensuite ils s'endormirent et la soirée se passa sans que personne vînt vers les pauvres enfants. Ils ne se réveillèrent qu'à la nuit noire, et Jeannot consola sa petite sœur en lui disant : « Attends donc, Margot, que la lune soit levée, alors nous verrons les miettes que j'ai semées, elles nous montreront le chemin de la maison. » Quand la lune se leva, ils se mirent en route, mais ils ne trouvèrent plus une seule miette, car les milliers d'oiseaux qui volent par les bois et les champs les avaient picorées. Jeannot dit à Margot : « Nous retrouverons bien notre chemin », mais ils ne le retrouvèrent pas. Ils marchèrent toute la nuit et tout un jour du matin au soir mais ils ne purent sortir du bois et ils avaient grand-faim, car ils n'avaient rien d'autre que les quelques baies qui poussaient par terre. Et comme ils étaient si las que leurs jambes ne voulaient plus les porter, ils se couchèrent sous un arbre et s'endormirent. Et déjà le matin se leva pour la troisième fois depuis leur départ de la maison paternelle. Ils se remirent en route, mais ils s'enfoncèrent de plus en plus dans les bois, et s'il ne leur venait pas bientôt du secours, il leur faudrait périr d'inanition. Quand il fut midi, ils aperçurent, perché sur une branche, un joli petit oiseau blanc comme neige qui chantait si bien qu'ils s'arrêtèrent pour l'écouter. Et quand il eut fini, il prit son essor et partit devant eux à tire-d'aile, et ils le suivirent jusqu'à une maisonnette sur le toit de laquelle il se posa ; et en s'approchant, ils virent que la maisonnette était de pain et couverte d'un toit de gâteau ; quant aux fenêtres elles étaient en sucre candi. « Mettons-nous-y, dit Jeannot, et faisons un bon repas. Je vais manger un morceau du toit, tu pourras manger de la fenêtre, Margot, c'est sucré. » Jeannot se haussa sur la pointe des pieds et cassa un morceau de toiture pour voir quel goût elle avait, et Margot se mit à grignoter les vitres. Alors une voix douce sortit de la pièce :

Grigno, grigno, grignoton,
Qui grignote ma maison ?

Les enfants répondirent :

C'est le vent, c'est le vent,
Le céleste enfant

et ils continuèrent à manger sans se laisser décontenancer. Jeannot, qui trouvait le toit fort à son goût, en arracha un grand morceau et Margot détacha toute une vitre ronde, s'assit par terre et s'en donna à cœur joie. Tout à coup la porte s'ouvrit et une femme vieille comme le monde se glissa dehors en s'appuyant sur une béquille. Jeannot et Margot eurent une telle frayeur qu'ils laissèrent tomber ce qu'ils avaient à la main. Mais la vieille secoua la tête et dit : « Chers enfants, qui vous a conduits ici ? Entrez donc et restez chez moi, il ne vous arrivera pas de mal. » Elle les prit tous les deux par la main et les emmena dans sa maison. Là, on leur servit un bon repas, du lait et de l'omelette au sucre, des pommes et des noix. Puis on leur prépara deux jolis petits lits blancs, et Jeannot et Margot s'y couchèrent et se crurent au Paradis.

Mais la gentillesse de la vieille était feinte, car c'était une méchante sorcière qui guettait les petits enfants et n'avait bâti sa maisonnette de pain que pour les attirer. Quand il en tombait un en son pouvoir, elle le tuait, le faisait cuire, le mangeait et pour elle, c'était jour de fête. Les sorcières ont les yeux rouges et ne voient pas de loin, mais elles ont du flair comme les animaux et sentent les hommes venir. Quand Jeannot et Margot arrivèrent dans son voisinage, elle eut un rire mauvais et dit sardoniquement : « Je les tiens, ils ne m'échapperont plus. » De bon matin, avant que les enfants ne fussent réveillés, elle se leva, et en les voyant reposer tous les deux si gentiment, avec leurs joues rondes et rouges, elle murmura à part soi : « Cela fera un morceau de choix. » Alors elle saisit Jeannot de sa main décharnée, le porta dans une petite étable, et l'enferma derrière une porte grillagée. Il eut beau crier tant qu'il pouvait, cela ne lui servit de rien. Puis elle alla auprès de Margot, la secoua pour la réveiller et cria : « Debout, paresseuse, va chercher de l'eau et fais cuire quelque chose de bon pour ton frère, il est enfermé dans l'étable et il faut qu'il engraisse. Quand il sera gras, je le mangerai. » Margot se mit à pleurer amèrement, mais en vain, force lui fut de faire ce que la méchante sorcière demandait.

Alors, on prépara pour le pauvre Jeannot les meilleurs plats, mais Margot n'eut que les carapaces des écrevisses. Tous les matins, la vieille se traînait à la petite étable et criait : « Jeannot, sors tes doigts, que je sente si tu seras bientôt assez gras. » Mais Jeannot lui tendait un petit os, et la vieille, qui avait la vue trouble et ne pouvait pas le voir, croyait que c'étaient les doigts de Jeannot et s'étonnait qu'il ne voulût pas engraisser. Comme il y avait quatre semaines de passées et que Jeannot restait toujours maigre, elle fut prise d'impatience et ne voulut pas attendre davantage. « Holà, Margot, cria-t-elle à la petite fille, dépêche-toi et apporte de l'eau. Que Jeannot soit gras ou maigre, demain je le tuerai et je le ferai cuire. » Ah, comme la pauvre petite sœur se désola quand il lui fallut porter de l'eau, et comme les larmes lui coulaient le long des joues ! « O mon Dieu, viens-nous en aide, s'écria-t-elle, si les bêtes sauvages nous avaient dévorés dans les bois, au moins nous serions morts ensemble. — Fais-moi grâce de tes piailleries, dit la vieille, tout cela ne te servira de rien. »

Dès le petit matin, Margot dut sortir, suspendre la marmite d'eau et allumer le feu. « Nous allons d'abord faire le pain, dit la vieille, j'ai déjà chauffé le four et pétri la pâte. » Elle poussa la pauvre Margot vers le four d'où sortaient déjà les flammes. « Glisse-toi dedans, dit la sorcière, et vois s'il est à bonne température pour enfourner le pain. » Et quand Margot serait dedans, elle fermerait la porte du poêle, Margot y rôtirait puis elle la mangerait aussi. Mais la petite devina ce qu'elle avait en tête, et dit : « Je ne sais pas comment faire, comment vais-je entrer là-dedans ? — Petite oie, dit la vieille, l'ouverture est assez grande, regarde, je pourrais y passer moi-même. » Elle se mit à quatre pattes pour s'approcher du four et y fourra la tête. Alors Margot la poussa si bien qu'elle entra tout entière dans le four, puis elle ferma la porte de fer et tira le verrou. Hou ! la vieille se mit à pousser des hurlements épouvantables ; mais Margot se sauva et la sorcière impie brûla lamentablement.

Margot courut tout droit à Jeannot, ouvrit la porte de la petite étable et s'écria : « Jeannot, nous sommes délivrés, la vieille sorcière est morte. » Alors Jeannot bondit dehors comme un oiseau s'envole quand on lui ouvre la porte de sa cage. Quelle joie ce fut, comme ils se sautaient au cou, gambadaient de tous côtés, s'embrassaient !

Et comme ils n'avaient plus rien à craindre, ils entrèrent dans la maison de la sorcière, il y avait là dans tous les coins des coffrets pleins de perles et de pierres précieuses. « C'est encore mieux que des cailloux », dit Jeannot et il en mit dans ses poches tant qu'il voulut en entrer, et Margot dit : « Moi aussi, je veux rapporter quelque chose chez nous », et elle en mit plein son tablier. « Mais à présent il faut partir, dit Jeannot, afin de sortir de la forêt ensorcelée. » Mais quand ils eurent marché pendant quelques heures, ils arrivèrent au bord d'une grande rivière. « Nous ne pourrons pas la traverser, dit Jeannot, je ne vois ni passerelle ni pont. — Il ne passe pas non plus de bateau, dit Margot, mais voilà un canard blanc qui nage, si je le lui demande, il nous aidera à passer. » Alors elle cria :

Caneton, caneton,
C'est Jeannot et Margoton,
Pas de pont ni de passerelle,
Prends-nous sur tes blanches ailes.

Le caneton s'approcha, Jeannot monta sur son dos et dit à sa sœur de monter à côté de lui. « Non, répondit Margot, ce serait trop lourd pour le petit canard, il nous passera l'un après l'autre. » C'est ce que fit la bonne bête, et quand ils furent sur l'autre rive et qu'ils eurent marché un petit bout de temps, la forêt leur sembla de plus en plus familière et enfin ils aperçurent de loin la maison paternelle. Alors ils se mirent à courir, se précipitèrent dans la pièce et se jetèrent au cou de leur père. L'homme n'avait pas eu une seule heure de joie depuis qu'il avait abandonné ses enfants dans les bois ; quant à la femme elle était morte. Margot secoua son tablier si bien que les perles et les pierres précieuses se mirent à sauter de tous côtés, tandis que Jeannot vidait ses poches et jetait à son tour par terre poignée sur poignée. Alors tous leurs soucis prirent fin et ils vécurent ensemble dans une joie sans mélange. Mon conte est fini, là-bas trotte une petite souris, qui l'attrapera aura le droit de s'en faire un grand, grand bonnet de fourrure.

Le vaillant petit tailleur

Par un matin d'été, un petit tailleur, assis sur sa table, près de la fenêtre, était de bonne humeur et cousait de toutes ses forces. Et voilà qu'une paysanne descendit la rue en criant : « Marmelade, bonne marmelade à vendre ! » Ce fut bien agréable à l'oreille du petit tailleur, il passa sa tête menue par la fenêtre et cria : « Montez, bonne femme, on va vous débarrasser de votre marchandise ! » La femme monta les trois étages avec son lourd panier et dut déballer devant lui tous ses pots. Il les examina tous, les leva en l'air, y mit le nez et dit enfin : « La marmelade m'a l'air bonne, pesez-m'en donc quatre onces, ma bonne femme, même si ça fait un quart de livre ça m'est égal. » La femme, qui avait espéré faire une bonne vente, lui donna ce qu'il demandait, mais s'en fut toute fâchée et en bougonnant. « A présent, Dieu bénisse ma confiture, s'écria le petit tailleur, et qu'elle me donne force et vigueur ! » Il alla prendre le pain de la miche et y tartina la marmelade. « Ça ne va pas être mauvais, dit-il, mais avant d'y mettre la dent, je vais finir mon pourpoint. » Il posa le pain à côté de lui, continua de coudre et, de plaisir, fit des points de plus en plus grands. Cependant l'odeur de la confiture sucrée montait le long des murs où il y avait une grande quantité de mouches, si bien qu'elles furent attirées et vinrent en troupe s'abattre dessus. « Hé, qui vous a donc invitées ? » dit le petit tailleur et il chassa ses convives importuns. Mais les mouches, qui ne comprenaient pas l'allemand, ne se laissèrent pas écarter et revinrent au contraire en compagnie de plus en plus nombreuse. Alors la moutarde, comme on dit, finit par monter au nez du petit tailleur, il attrapa un bout de drap dans sa corbeille à chiffons et, « attendez un peu que je vous en donne ! », il tapa dessus impitoyablement. Quand il retira le chiffon et compta, il n'en vit pas moins de sept, mortes sous ses yeux, les pattes en l'air. « Serais-tu donc un gaillard de cette trempe ? dit-il, forcé lui-même d'admirer sa vaillance, il faut que toute la ville sache cela. » Et en grande hâte, le petit tailleur se coupa une ceinture, la cousit et y broda en grandes lettres : « Sept d'un coup ! » « Eh quoi, la ville ? dit-il, non, c'est le monde entier qui doit le savoir. » Et de plaisir, son cœur se trémoussait dans sa poitrine comme la queue d'un petit agneau.

Le tailleur se noua la ceinture autour du corps et décida d'aller courir le vaste monde, parce qu'il pensait que son atelier était trop petit pour sa bravoure. Avant de partir, il chercha s'il n'y avait pas dans sa maison quelque chose à emporter, mais il ne trouva rien d'autre qu'un vieux bout de fromage qu'il fourra dans sa poche. Devant la porte, il aperçut un oiseau qui s'était pris dans un buisson, l'oiseau dut aller retrouver le fromage dans sa poche. Puis il se mit bravement à arpenter la route, et comme il était léger et preste, il ne ressentait pas de fatigue. Son chemin le conduisit en haut d'une montagne et quand il en atteignit le sommet, voici qu'un énorme géant y était assis et promenait tranquillement ses regards alentour. Le petit tailleur alla hardiment à lui, l'interpella et lui dit : « Bonjour, camarade, hein, te voilà en train de contempler le vaste monde ? Je suis justement en train de m'y rendre pour y tenter ma chance. As-tu envie de venir avec moi ? » Le géant toisa le tailleur d'un air dédaigneux et dit : « Pouilleux ! Pitoyable avorton ! — Par exemple ! répondit le petit tailleur en déboutonnant son habit et en montrant sa ceinture au géant, tiens ! Lis donc là quel gaillard je suis ! » Le géant lut : « Sept d'un coup ! », pensa que c'étaient des hommes que le tailleur avait assommés, et se sentit un peu de respect pour le petit luron. Pourtant il voulut d'abord le mettre à l'épreuve, prit une pierre dans sa main et la pressa tellement qu'il en sortit de l'eau. « Fais-en autant, dit le géant, si tu en as la force. — Si ce n'est que ça, dit le tailleur, pour nous autres c'est un jeu d'enfant », il mit sa main dans sa poche, y prit le fromage mou et le serra de manière a en exprimer le jus. « Hein ! fit-il, c'est un peu plus fort ? » Le géant ne sut que dire, il n'aurait jamais cru ça de ce petit homme. Alors il ramassa une pierre et la lança si haut qu'on pouvait à peine la suivre des yeux. « Eh bien, mon petit caneton, fais-en donc autant ! — Bien lancé, dit le tailleur, mais ta pierre, il a bien fallu qu'elle retombe après, moi, je vais t'en lancer une qui ne reviendra pas du tout. » Il mit la main dans sa poche, y prit l'oiseau et le jeta en l'air. Ravi d'être libre, l'oiseau s'éleva, prit son vol et ne revint plus. « Qu'est-ce que tu dis de mon petit tour, camarade ? demanda le tailleur. — Quant au lancer, tu t'y entends, dit le géant, mais maintenant nous allons voir si tu es capable de porter un poids convenable. » Il conduisit le tailleur auprès d'un chêne puissant qui était abattu et gisait par terre, et dit : « Si tu es assez fort, aide-moi à sortir cet arbre du bois. — Volontiers, répondit le petit bonhomme, tu n'as qu'à prendre le tronc sur tes épaules, je soulèverai les branches avec tout le feuillage et je les porterai, c'est bien le plus lourd. » Le géant prit le tronc sur ses épaules, mais le tailleur s'assit sur une maîtresse branche et le colosse, qui ne pouvait pas se retourner, dut emporter tout l'arbre et le tailleur par-dessus le marché. Celui-ci était tout guilleret et de bonne humeur là-derrière, il sifflotait la chansonnette « Trois tailleurs s'en allaient à cheval », comme si porter un arbre n'était qu'un jeu d'enfant. Après avoir traîné sa lourde charge un bout de chemin, le géant ne put pas continuer et s'écria : « Écoute, il faut que je lâche l'arbre ! » Le tailleur sauta prestement par terre, prit l'arbre à deux bras comme s'il l'avait porté et dit au géant : « Un grand gaillard comme toi, tu ne peux même pas porter cet arbre ! »

Ils continuèrent de cheminer ensemble, et comme ils passaient près d'un cerisier, le géant saisit la cime de l'arbre, là où il y avait les fruits les plus mûrs, la courba, la mit dans la main du petit tailleur et lui dit d'en manger. Mais le petit tailleur était bien trop chétif pour tenir l'arbre et quand le géant le lâcha, il se redressa et le tailleur fut projeté en l'air. Quand il fut retombé sans mal, le géant dit : « Qu'est-ce que ça veut dire ? Tu n'as pas la force de tenir cette misérable badine ? — Ce n'est pas la force qui me manque, répondit le petit tailleur, penses-tu que ce soit une affaire pour quelqu'un qui en a occis sept d'un coup ? J'ai bondi par-dessus l'arbre parce que les chasseurs là, en bas, sont en train de tirer dans le fourré, saute derrière moi si tu peux. » Le géant essaya, mais il ne put passer par-dessus l'arbre et resta accroché dans les branches, si bien que le petit tailleur garda encore l'avantage.

Le géant dit : « Puisque tu es un gars si courageux, viens avec moi dans notre caverne et passe la nuit avec nous. » Le petit tailleur se montra disposé à le suivre. Quand ils arrivèrent dans la caverne, ils trouvèrent d'autres géants assis près de l'âtre, et chacun d'eux avait en main un mouton rôti où il mordait à belles dents. Le petit tailleur inspecta les lieux et pensa : « C'est vraiment beaucoup plus spacieux que mon atelier. » Le géant lui désigna un lit, en lui disant de s'y coucher et de dormir tout son soûl. Mais le lit était beaucoup trop vaste pour le petit tailleur, il ne se mit pas dedans et alla se blottir dans un coin. Quand il fut minuit et que le géant crut le petit tailleur profondément endormi, il se leva, prit une grosse barre de fer, en donna un coup sur toute la largeur du lit, et crut avoir achevé le marmouset. Dès l'aube les géants partirent pour la forêt, et ils avaient complètement oublié le petit tailleur quand, tout à coup, ils le virent venir d'un air tout joyeux et téméraire. Ils prirent peur, craignirent d'être tous assommés et s'enfuirent à toutes jambes.

Le petit tailleur continua son chemin, toujours le nez en l'air. Après avoir cheminé longtemps, il se trouva dans la cour d'un palais royal et comme il se sentait las, il se coucha dans l'herbe et s'endormit. Pendant qu'il dormait, des gens arrivèrent, le regardèrent sur toutes les faces et lurent sur sa ceinture : « Sept d'un coup ! » « Ah, dirent-ils, que vient faire ici ce grand guerrier, en pleine paix ? Ce doit être un puissant seigneur. » Ils allèrent rapporter la chose au roi et lui dirent qu'au cas où la guerre éclaterait, ce serait là un personnage important et utile qu'il ne fallait laisser partir à aucun prix. Le conseil plut au roi, et il envoya au petit tailleur l'un de ces courtisans qui, à son réveil, devait lui offrir de prendre du service dans l'armée. L'ambassadeur resta auprès du dormeur, attendant qu'il s'étirât et ouvrît les yeux, puis il lui fit sa proposition. « C'est justement pour cela que je suis venu, répondit-il, je suis prêt à me mettre au service du roi. » On le reçut donc avec tous les honneurs et on lui assigna une demeure particulière.

Mais les militaires étaient montés contre le petit tailleur et le souhaitaient à mille lieues de distance. « Que va-t-il sortir de là ? se disaient-ils dans leurs conciliabules, si nous lui cherchons noise et qu'il cogne, il en tombera sept à chaque coup. Dans ces conditions, nous ne pourrons pas lui tenir tête. » Ils prirent donc une résolution, allèrent tous ensemble trouver le roi et lui demandèrent leur congé. « Nous ne sommes pas faits, dirent-ils, pour vivre à côté d'un homme qui vous en assomme sept d'un coup. » Le roi fut attristé de perdre tous ses fidèles serviteurs à cause d'un seul, il souhaita que ses yeux ne l'eussent jamais vu et se serait volontiers débarrassé de lui. Mais il n'osait pas lui signifier son congé, parce qu'il avait peur que le tailleur ne le tuât, lui et les siens, et ne montât sur le trône. Il retourna le problème en tous sens et finit par trouver un expédient. Il envoya quelqu'un au petit tailleur et lui fit dire que, puisqu'il était un si grand guerrier, il allait lui faire une proposition. Dans une forêt de son royaume habitaient deux géants qui causaient de grands dégâts en volant, tuant, grillant et incendiant, personne ne pouvait approcher d'eux sans se mettre en danger de mort. S'il triomphait de ces deux géants et les tuait, il lui donnerait sa fille unique en mariage, et la moitié de son royaume en dot ; de plus cent cavaliers l'accompagneraient et lui prêteraient main-forte. « Ce ne serait pas mal pour un homme comme toi, se dit le petit tailleur, on ne vous offre pas tous les jours une jolie princesse et la moitié d'un royaume. » « Oh oui, je me charge de mater les géants, et je n'ai pas besoin pour cela de cent reîtres. Qui en abat sept d'un coup n'a pas de raison d'en craindre deux. »

Le petit tailleur se mit en route, suivi des cent cavaliers. Arrivé à l'orée du bois, il dit à ses compagnons : « Faites donc halte ici, je viendrai bien à bout des géants tout seul. » Il entra d'un bond dans la forêt et regarda de droite et de gauche. Au bout d'un petit moment, il aperçut les géants couchés sous un arbre, ils dormaient et ronflaient si fort qu'ils faisaient monter et descendre les branches. Vivement, le petit tailleur remplit ses deux poches de pierres et grimpa dans l'arbre. Quand il fut au milieu, il se laissa glisser le long d'une branche pour arriver juste au-dessus des dormeurs, et fit tomber ses pierres l'une après l'autre sur la poitrine de l'un d'eux. Pendant longtemps le géant ne sentit rien, mais finalement il se réveilla, donna une bourrade à son compagnon et dit : « Pourquoi me bats-tu ? — Tu rêves, dit l'autre, je ne te bats pas. » Ils s'allongèrent de nouveau pour dormir, mais alors le tailleur jeta une pierre sur le second. « Qu'est-ce que ça veut dire ? s'écria l'autre, pourquoi me lances-tu des pierres ? — Je ne te lance pas de pierres », répondit le premier en bougonnant. Ils se chamaillèrent un moment, mais comme ils étaient fatigués, ils en restèrent là et leurs yeux se refermèrent. Le petit tailleur recommença son manège, il choisit la pierre la plus grosse et la jeta de toutes ses forces sur la poitrine du premier géant. « C'est trop fort ! » s'écria-t-il, il se leva comme un fou et poussa violemment son compagnon contre l'arbre, qui en trembla. L'autre lui rendit la monnaie de sa pièce et ils entrèrent dans une telle fureur qu'ils arrachèrent les arbres et cognèrent l'un sur l'autre, tant et si bien qu'ils tombèrent morts en même temps. Alors le petit tailleur sauta par terre. « Une chance, dit-il, qu'ils n'aient pas arraché l'arbre où j'étais perché, sans quoi j'aurais dû sauter sur un autre à la manière d'un écureuil, mais nous sommes lestes, nous autres ! » Il tira son épée et en assena quelques bons coups dans la poitrine de chacun, puis il sortit du bois pour retrouver ses cavaliers et dit : « L'ouvrage est fait, je leur ai donné à tous deux le coup de grâce. Mais l'affaire a été rude, dans le péril ils ont déraciné des arbres, pourtant tout cela ne sert de rien quand il en vient un comme moi qui en abats sept d'un coup.

— Vous n'êtes donc pas blessé ? demandèrent les cavaliers. — Pas de danger, ils n'ont pas touché à un cheveu de ma tête. » Les cavaliers ne voulurent pas le croire, et entrèrent dans la forêt ; ils y trouvèrent les géants baignant dans leur sang, au milieu des arbres arrachés.

Le petit tailleur demanda au roi la récompense promise, mais celui-ci, qui regrettait sa promesse, chercha un nouveau moyen de se débarrasser du héros : « Avant d'obtenir ma fille et la moitié de mon royaume, dit-il, il te faut accomplir un nouvel exploit. Dans la forêt, il y a une licorne qui fait de grands dégâts, il faut d'abord me l'attraper. — Je crains encore moins une licorne que deux géants ; sept d'un coup, voilà mon affaire. » Il emporta une corde et une hache, alla à la forêt et dit encore une fois à ceux qu'il avait sous ses ordres de l'attendre dehors. Il n'eut pas à chercher longtemps, la licorne ne tarda pas à se montrer et bondit tout droit sur le tailleur, comme si elle voulait sans plus de façons l'embrocher. « Doucement, doucement, dit-il, ça ne se fait pas si vite que ça », il s'arrêta et attendit que la bête arrivât tout près de lui, puis il bondit prestement derrière un arbre. La licorne donna de toute sa force contre l'arbre et enfonça sa corne si profondément dans le tronc qu'elle n'eut pas assez de force pour la retirer et se trouva prise. « Je tiens l'oiseau », dit le tailleur, il sortit de derrière son arbre, passa d'abord sa corde au cou de la licorne, puis, à coups de hache il dégagea la corne du tronc, et quand tout fut réglé, il emmena la bête et la conduisit au roi.

Le roi ne voulut pas encore lui accorder la récompense promise et exprima une troisième exigence. Avant ses noces, le tailleur devrait encore lui attraper un sanglier qui causait de grands dégâts dans la forêt ; les chasseurs lui prêteraient main-forte. « Bien, dit le tailleur, ce n'est qu'un jeu d'enfant. » Il n'emmena pas les chasseurs dans le bois et ils en furent bien contents, car le sanglier les avait déjà accueillis souvent d'une manière qui leur ôtait l'envie de se mettre à sa poursuite. Quand le sanglier aperçut le tailleur, il fonça sur lui, l'écume à la gueule, en s'aiguisant les dents, et voulut le jeter par terre. Mais le héros sauta avec agilité dans une chapelle voisine et, d'un bond, ressortit aussitôt par la fenêtre du haut. Le sanglier l'avait suivi, mais le tailleur fit le tour par-dehors et ferma la porte sur lui ; alors l'animal furieux, bien trop lourd et maladroit pour sauter par la fenêtre, se trouva pris. Le tailleur appela les chasseurs, pour qu'ils vissent de leurs propres yeux l'animal prisonnier. Le héros quant à lui s'en alla trouver le roi qui, bon gré mal gré, dut alors tenir sa promesse et lui donna sa fille et la moitié de son royaume. S'il avait su qu'il n'avait pas devant lui un grand guerrier, mais un petit tailleur, il eût été encore plus affecté. Les noces furent donc célébrées en grande pompe et petite joie et l'on fit un roi d'un petit tailleur.

Quelque temps après, la jeune reine entendit son époux parler en rêve, la nuit : « Fais-moi ce pourpoint, garçon, et ravaude-moi cette culotte, ou bien je te casse mon aune sur les oreilles. » Elle comprit alors dans quelle ruelle le jeune seigneur était né, le lendemain elle confia son chagrin à son père et le pria de l'aider à se débarrasser d'un mari qui n'était rien de plus qu'un tailleur. Le roi la consola et lui dit : « La nuit prochaine, laisse la porte de ta chambre ouverte, mes serviteurs se tiendront dehors et quand il sera endormi, ils entreront, le ligoteront et le porteront sur un navire qui l'emmènera dans le vaste monde. » La femme se montra satisfaite, mais l'écuyer du roi, qui avait tout entendu, était attaché à son jeune maître et lui dénonça tout le complot. « Je mettrai obstacle à la chose », dit le tailleur. Le soir, il alla se coucher avec sa femme à l'heure habituelle. Quand elle le crut endormi, elle se leva, ouvrit la porte et se recoucha. Le petit tailleur, qui feignait seulement de dormir, se mit à crier d'une voix claire : « Fais-moi ce pourpoint, garçon, et ravaude-moi cette culotte, ou bien je te casse mon aune sur les oreilles ! J'en ai occis sept d'un coup, j'ai tué deux géants, capturé une licorne, pris un sanglier, et j'aurais peur de ceux qui sont en ce moment dehors, devant ma chambre ? » Quand ceux-ci entendirent le tailleur parler ainsi, ils furent pris d'une grande frayeur, ils détalèrent comme s'ils avaient la chasse infernale à leurs trousses, et pas un ne voulut plus se risquer à l'attaquer. C'est ainsi que le petit tailleur devenu roi le resta toute sa vie.

Cendrillon

Un homme riche avait une femme qui tomba malade, et quand elle sentit sa fin approcher, elle appela sa fille unique à son chevet et lui dit : « Chère enfant, reste pieuse et bonne, alors le bon Dieu te viendra toujours en aide, et moi du haut du ciel je te regarderai et je veillerai sur toi. » Là-dessus elle ferma les yeux et mourut. La fillette se rendit chaque jour sur la tombe de sa mère et pleura et resta pieuse et bonne. Quand vint l'hiver, la neige mit un tapis blanc sur la tombe et quand le soleil du printemps l'eut retiré, l'homme prit une autre femme.

La femme avait amené avec elle deux filles qui étaient jolies et blanches de visage, mais laides et noires de cœur. Alors les tourments commencèrent pour la pauvre belle-fille. « Cette petite oie va-t-elle rester avec nous dans la salle ? dirent-elles, qui veut manger du pain doit le gagner ; dehors le souillon ! » Elles lui enlevèrent ses belles robes, la vêtirent d'un vieux sarrau gris et lui donnèrent des sabots de bois. « Voyez un peu la fière princesse, comme elle est bien nippée ! » s'écrièrent-elles en riant, et elles la conduisirent à la cuisine. Là, il lui fallut trimer dur du matin au soir, se lever bien avant le jour, porter l'eau, allumer le feu, faire la cuisine et la lessive. Par-dessus le marché, les deux sœurs lui faisaient toutes les misères imaginables, se moquaient d'elle, lui renversaient pois et lentilles, de sorte qu'il lui fallait rester à la cuisine et recommencer à les trier. Le soir, quand elle était exténuée de travail, elle ne se reposait pas dans un lit, elle devait se coucher près du foyer, dans les cendres. Et comme cela lui donnait toujours un air poussiéreux et malpropre, elles l'appelaient Cendrillon.

Il advint un jour que le père voulut se rendre à la foire, alors il demanda à ses deux belles-filles ce qu'il devait leur rapporter. « De beaux habits », dit l'une. « Des perles et des pierres précieuses », dit la seconde. « Mais toi, Cendrillon, que désires-tu ? dit-il. — Père, le premier rameau qui, sur le chemin du retour, heurtera votre chapeau, cueillez-le pour moi. » Il acheta pour les deux sœurs de belles robes, des perles et des pierres précieuses et sur le chemin du retour, comme il passait à cheval à travers un buisson verdoyant, une branche de noisetier l'effleura et lui enleva son chapeau. Alors il cassa la branche et l'emporta. Rentré chez lui, il donna à ses belles-filles ce qu'elles avaient souhaité, et à

Cendrillon la branche de noisetier. Cendrillon le remercia, alla sur la tombe de sa mère et y planta la branche, et pleura si fort que ses larmes tombèrent dessus et l'arrosèrent. Or le rameau grandit et devint un bel arbre. Et trois fois par jour Cendrillon allait pleurer et prier sous son arbre, et chaque fois un petit oiseau blanc y venait et quand elle exprimait un souhait, l'oiseau faisait tomber entre ses mains ce qu'elle avait souhaité.

Or, il arriva que le roi donna une fête qui devait durer trois jours et à laquelle il invita toutes les jolies filles du pays afin que son fils pût choisir une fiancée. Quand les deux sœurs apprirent qu'elles devaient s'y montrer aussi, elles furent ravies, elles appelèrent Cendrillon et dirent : « Peigne nos cheveux, brosse nos souliers et serre bien les boucles, nous allons pour la noce au château du roi. » Cendrillon obéit, mais elle pleura parce qu'elle aurait bien voulu aller aussi au bal et elle pria sa belle-mère de le lui permettre. « Mais Cendrillon, dit-elle, tu es pleine de poussière et de saletés et tu veux aller à la noce ? Tu n'as pas de robes, pas de chaussures, et tu veux aller danser ? » Mais comme elle persistait dans ses prières, la belle-mère dit enfin : « Je t'ai versé un plat de lentilles dans les cendres, si dans deux heures tu les as triées, tu viendras avec nous. » La jeune fille sortit dans le jardin par la porte de derrière et cria : « Pigeons dociles, tourterelles, et vous tous oiseaux du ciel, venez et aidez-moi à trier

les bonnes graines dans le petit pot,
les mauvaises dans votre jabot.

Alors deux colombes blanches entrèrent par la fenêtre de la cuisine, puis les petites tourterelles, enfin tous les oiseaux du ciel arrivèrent dans un frémissement d'ailes et voletèrent et se posèrent autour des cendres. Et les pigeonneaux penchèrent leurs petites têtes et commencèrent, pic, pic, pic, et les autres s'y mirent aussi, pic, pic, pic, et ramassèrent tous les bons grains dans le plat. Au bout d'une heure à peine, ils avaient déjà fini et reprenaient tous leur vol. Alors la jeune fille alla porter le plat à sa marâtre, elle était joyeuse et croyait que maintenant elle aurait le droit d'accompagner les autres à la noce. Mais elle lui dit : « Non, Cendrillon, tu n'as pas d'habits et tu ne sais pas danser : on ne ferait que se moquer de toi. » Comme Cendrillon pleurait, elle lui dit : « Si tu peux débarrasser de la cendre deux plats de lentilles en une heure, tu viendras avec nous », et elle pensait : « Jamais elle ne le pourra. » Quand elle eut répandu les deux plats dans les cendres, la jeune fille sortit dans le jardin par la porte de derrière et cria : « Pigeons dociles, petites tourterelles et vous tous, oiseaux du ciel, venez et aidez-moi à trier

les bonnes graines dans le petit pot,
les mauvaises dans votre jabot.

Alors deux colombes blanches entrèrent par la fenêtre de la cuisine, puis les petites tourterelles, et enfin tous les oiseaux du ciel arrivèrent dans un frémissement d'ailes et voletèrent et se posèrent autour de la cendre. Et les pigeonneaux penchèrent leurs petites têtes et commencèrent, pic, pic, pic, et les autres s'y mirent aussi, pic, pic, pic, et ramassèrent tous les bons grains dans les plats. Et avant qu'une demi-heure fût passée, ils avaient déjà fini et tous reprirent leur vol. Alors la jeune fille alla porter les plats à sa marâtre, elle était joyeuse et croyait que maintenant elle pourrait l'accompagner à la noce. Mais elle dit : « Tout cela ne sert de rien ; tu ne viendras pas avec nous, car tu n'as pas d'habits et tu ne sais pas danser ; tu nous ferais honte. » Puis elle lui tourna le dos et se hâta de partir avec ses deux filles orgueilleuses.

Quand il n'y eut plus personne à la maison, Cendrillon alla sur la tombe de sa mère, sous le noisetier, et s'écria :

Petit arbre, agite-toi et secoue-toi.
Jette de l'argent et de l'or sur moi.

Alors l'oiseau lui jeta une robe d'or et d'argent et des pantoufles brodées de soie et d'argent. Elle mit la robe en toute hâte et alla à la noce. Mais ses sœurs et sa marâtre ne la reconnurent pas et pensèrent que ce devait être une princesse étrangère, tant elle était belle dans sa toilette d'or. Elles ne pensaient pas du tout à Cendrillon, elles la croyaient à la maison, assise dans la crasse à chercher les lentilles parmi les cendres. Le fils du roi alla au-devant d'elle, la prit par la main et dansa avec elle. Il ne voulut danser avec personne d'autre, de sorte qu'il ne lui lâcha plus la main et quand un cavalier venait l'inviter, il lui disait : « C'est ma cavalière. »

Elle dansa jusqu'au soir, alors elle voulut rentrer chez elle. Mais le fils du roi dit : « Je vais avec toi et je t'accompagne », car il voulait voir à qui appartenait cette jolie jeune fille. Mais elle lui échappa en sautant dans le pigeonnier. Alors le fils du roi attendit le père et lui dit que la jeune fille inconnue avait sauté dans son pigeonnier. Le vieux se demanda : « Serait-ce Cendrillon ? », et ils durent lui apporter une hache et une pioche pour démolir le pigeonnier. Mais il n'y avait personne dedans. Et quand ils entrèrent dans la maison, Cendrillon était couchée dans la cendre avec ses vêtements sales, et une petite lampe à huile jetait une lueur trouble dans la cheminée ; car Cendrillon avait vivement sauté du pigeonnier, par-derrière, et avait couru au noisetier. Là elle avait retiré ses beaux vêtements, les avait mis sur la tombe et l'oiseau les avait remportés, puis, vêtue de son sarrau gris, elle s'était assise près de l'âtre, dans la cuisine.

Le lendemain, comme la fête recommençait et que ses parents et ses sœurs étaient de nouveau partis, Cendrillon alla au noisetier et dit :

Petit arbre, agite-toi et secoue-toi,
Jette de l'or et de l'argent sur moi.

Alors l'oiseau lui jeta une robe encore plus splendide que la veille. Et quand, dans cette toilette, elle fit son apparition à la fête, chacun s'extasia sur sa beauté. Mais le fils du roi avait attendu sa venue, il la prit aussitôt par la main et ne dansa qu'avec elle. Quand les autres venaient l'inviter, il disait : « C'est ma cavalière. » Le soir venu, elle voulut partir, et le fils du roi la suivit pour voir dans quelle maison elle allait : mais elle lui échappa en sautant dans le jardin derrière sa maison. Il y avait là un grand et bel arbre couvert des poires les plus merveilleuses, elle grimpa entre les branches, aussi lestement qu'un écureuil, et le prince ne sut pas où elle avait passé. Mais il attendit le père et lui dit : « La jeune fille inconnue m'a échappé et je crois qu'elle a sauté dans le poirier. » Le père se demanda : « Serait-ce Cendrillon ? », il envoya chercher une hache et abattit l'arbre, mais il n'y avait personne dessus. Et quand ils entrèrent dans la cuisine, Cendrillon était couchée dans la cendre, comme à l'accoutumée, car elle avait sauté par terre de l'autre côté de l'arbre, avait rapporté ses beaux habits à l'oiseau du noisetier et remis son sarrau gris.

Le troisième jour, quand ses parents et ses sœurs furent partis, Cendrillon retourna sur la tombe de sa mère et dit à l'arbuste :

Petit arbre, agite-toi et secoue-toi,
Jette de l'or et de l'argent sur moi.

Alors l'oiseau lui jeta une robe qui était si somptueuse et si brillante qu'elle n'en avait pas encore eu de pareille, et les pantoufles étaient tout en or. Quand elle arriva à la fête, dans cette toilette, tous furent interdits d'admiration. Le fils du roi ne dansa qu'avec elle, et quand quelqu'un d'autre l'invitait, il disait : « C'est ma cavalière. »

Le soir venu, Cendrillon voulut s'en aller et le fils du roi voulut l'accompagner, mais elle lui échappa si vite qu'il ne put la suivre. Seulement, le prince avait usé de ruse et fait enduire de poix tout l'escalier. Alors, comme la jeune fille descendait en sautant, sa pantoufle gauche resta engluée. Le prince la ramassa, elle était petite et mignonne et tout en or. Le lendemain il s'en vint trouver le père et lui dit : « Je ne prendrai pour épouse que celle qui pourra chausser cette chaussure d'or. » Alors les deux sœurs se réjouirent, car elles avaient de jolis pieds. L'aînée alla dans sa chambre avec la pantoufle pour l'essayer, et sa mère était là. Mais elle ne put y faire entrer son gros orteil, le soulier était trop petit pour elle, alors sa mère lui tendit un couteau et lui dit : « Coupe-toi le doigt ; quand tu seras reine, tu n'auras plus besoin d'aller à pied. » La jeune fille se coupa l'orteil, força son pied à entrer dans la chaussure et alla retrouver le prince. Alors il la prit sur son cheval comme sa fiancée et partit avec elle. Mais ils durent passer devant la tombe, les deux petites colombes du noisetier étaient là et crièrent :

Tour nou touk, tour nou touk,
Sang dans la pantouk,
Le soulier est trop petit,
La vraie fiancée est encore au logis.

Alors le prince regarda le pied et vit que le sang en coulait. Il tourna bride, ramena la fausse fiancée chez elle, dit que ce n'était pas la bonne et qu'il fallait que l'autre sœur essayât le soulier. Alors celle-ci alla dans la chambre et put faire entrer ses orteils dans la chaussure, mais son talon était trop grand. Alors sa mère lui tendit un couteau et lui dit : « Coupe-toi un bout de talon. Quand tu seras reine, tu n'auras pas besoin d'aller à pied. » La jeune fille se coupa un morceau de talon, força son pied à entrer dans la chaussure, réprima sa douleur et sortit retrouver le prince. Alors il la prit sur son cheval comme sa fiancée et partit avec elle. Quand ils passèrent devant le noisetier, les petites colombes qui y étaient perchées crièrent :

Tour nou touk, tour nou touk,
Sang dans la pantouk,
Le soulier est trop petit,
La vraie fiancée est encore au logis.

Il baissa les yeux vers le pied et vit que le sang coulait de la chaussure et montait tout rouge le long des bas blancs. Alors il tourna bride et ramena la fausse fiancée chez elle. « Celle-là n'est pas non plus la bonne, dit-il, n'avez-vous pas d'autre fille ? — Non, dit l'homme, mais j'ai encore de ma défunte femme une petite bête de Cendrillon. Impossible qu'elle soit la fiancée. » Le fils du roi dit qu'il fallait l'envoyer chercher, mais la mère répondit : « Oh non, elle est bien trop sale, elle ne peut pas se montrer. » Mais il le voulait absolument et il fallut appeler Cendrillon. Alors elle se lava d'abord les mains et la figure, puis elle vint et s'inclina devant le fils du roi, qui lui tendit la pantoufle d'or. Ensuite elle s'assit sur un escabeau, sortit le pied de son lourd sabot et le mit dans la pantoufle qui lui allait comme un gant. Et quand elle se redressa et que le roi vit son visage, il reconnut la jolie jeune fille avec laquelle il avait dansé et s'écria : « Voilà la vraie fiancée. » La marâtre et les deux sœurs furent terrifiées et devinrent blanches de rage. Mais lui, il prit Cendrillon sur son cheval et partit avec elle. Quand ils passèrent devant le noisetier, les deux colombes blanches crièrent :

Tour nou touk, tour nou touk,
Pas de sang dans la pantouk,
Le soulier n'est pas trop petit,
C'est la vraie fiancée qu'il mène au logis.

Puis quand elles eurent crié cela, elles descendirent toutes deux et se posèrent sur les épaules de Cendrillon, l'une à droite, l'autre à gauche, et y restèrent juchées.

Au moment où l'on célébrait ses noces avec le fils du roi, ses perfides sœurs vinrent la voir et voulurent s'insinuer dans ses bonnes grâces pour avoir part à sa fortune. Comme les fiancés allaient à l'église, l'aînée marchait à droite et la cadette à gauche. Alors les colombes vinrent crever un œil à chacune d'elles. Ainsi, pour leur méchanceté et leur perfidie, elles furent punies de cécité pour le restant de leurs jours.

Les sept corbeaux

Un homme avait sept fils, et toujours pas de fille, si fort qu'il le désirât; enfin sa femme lui donna de nouveau des espérances, et quand l'enfant vint au monde, voici que c'était une fille. La joie fut grande, mais l'enfant était chétive et petite, et à cause de sa faiblesse il fallut l'ondoyer. Le père envoya l'un des garçons chercher en hâte de l'eau lustrale à la fontaine : les six autres le suivirent, et comme chacun voulait être le premier à puiser, ils laissèrent tomber la cruche dans le puits. Alors ils restèrent plantés là, ne sachant ce qu'ils devaient faire et aucun d'eux n'osait rentrer à la maison. Comme ils ne revenaient toujours pas, le père s'impatienta et dit : « Certainement, ils auront oublié de rentrer pour jouer, ces garçons impies. » Il se prit à craindre que la petite fille mourût sans baptême, et dans sa colère il s'écria : « Je voudrais qu'ils soient tous changés en corbeaux. » Il avait à peine fini de dire ces mots qu'il entendit un battement d'ailes dans les airs, au-dessus de sa tête, il leva les yeux et vit sept corbeaux noirs comme du charbon qui volaient de-ci de-là.

Les parents ne purent pas annuler l'enchantement, mais si tristes qu'ils fussent d'avoir perdu leurs sept fils, ils se consolèrent néanmoins quelque peu avec leur chère petite fille, qui reprit bientôt des forces et embellit de jour en jour. Elle ignora longtemps qu'elle avait eu des frères, car les parents se gardaient bien d'en parler, jusqu'au jour où elle entendit des gens dire par hasard que la jeune fille était belle, assurément, mais qu'en réalité elle était responsable du malheur de ses sept frères. Elle en fut tout affligée, elle alla trouver son père et sa mère et leur demanda s'il était vrai qu'elle avait eu des frères et ce qu'il en était advenu. Les parents ne purent pas garder plus longtemps le secret, ils dirent néanmoins que c'était là un décret du ciel et que sa naissance n'en avait été que l'occasion innocente. Mais la jeune fille éprouvait chaque jour du remords et croyait qu'elle devait délivrer ses frères. Elle n'eut ni trêve ni répit qu'elle ne se fût mise en route secrètement pour retrouver leur trace quelque part et les délivrer, quoi qu'il pût lui en coûter. Elle n'emporta rien qu'un petit anneau en souvenir de ses parents, une miche de pain pour la faim, une petite cruche d'eau pour la soif et une petite chaise pour la fatigue.

Et elle alla toujours droit devant elle, loin, loin, jusqu'au bout du monde. Alors elle arriva au soleil, mais il était trop chaud et terrible et il mangeait les petits enfants. Elle s'enfuit en hâte et courut jusqu'à la lune, mais elle était bien trop froide et elle aussi était cruelle et méchante, et quand elle aperçut l'enfant elle dit : « Je sens la chair humaine. » Alors elle s'en fut vivement et arriva chez les étoiles, qui furent aimables et bonnes pour elle, et chacune était assise sur une petite chaise à part. Cependant l'étoile du matin se leva, lui donna un osselet et lui dit : « Sans cet osselet, tu ne pourras pas ouvrir la montagne de verre, et c'est dans la montagne de verre que se trouvent tes frères. »

La petite fille prit l'osselet, l'enveloppa soigneusement dans un petit torchon et continua sa route, tant et si bien qu'elle arriva à la montagne de glace. La porte était fermée à clé et elle voulut sortir l'osselet du torchon ; mais quand elle l'ouvrit, elle vit qu'il était vide et qu'elle avait perdu le cadeau des bonnes étoiles. Que faire maintenant ? Elle voulait sauver ses frères et n'avait plus la clé de la montagne de glace. La bonne petite sœur prit un couteau, se coupa un petit doigt, le mit dans la serrure et parvint à l'ouvrir. Quand elle fut entrée, un gnome vint à sa rencontre et lui dit : « Mon enfant, que cherches-tu ? — Je cherche mes frères, les sept corbeaux », dit-elle. Le gnome répondit : « Messieurs les Corbeaux ne sont pas à la maison, mais si vous voulez attendre leur retour, entrez. » Là-dessus le gnome apporta le repas des corbeaux sur sept petites assiettes et dans sept petits gobelets, et la petite sœur mangea une miette dans chaque gobelet ; mais dans le dernier gobelet, elle laissa tomber le petit anneau qu'elle avait emporté.

Tout à coup on entendit dans les airs des battements d'ailes et des cris, le gnome dit alors : « Ce sont Messieurs les Corbeaux qui rentrent à tire-d'aile. » Alors ils vinrent, voulurent boire et manger, et cherchèrent leurs petites assiettes et leurs petits gobelets. Puis ils s'écrièrent, l'un après l'autre : « Qui a mangé dans ma petite assiette ? Qui a bu dans mon petit gobelet ? C'était une bouche humaine. » Et comme le septième vidait son gobelet, l'anneau en tomba. Alors il le regarda et voyant que c'était un anneau de son père et de sa mère, il dit : « Dieu veuille que ce soit notre petite sœur, alors nous serions délivrés. » Quand la petite fille, qui écoutait derrière la porte, entendit ce souhait, elle se montra et alors tous les corbeaux reprirent leur forme humaine. Et ils s'embrassèrent et se firent mille caresses et rentrèrent joyeusement chez eux.

Le diable aux trois cheveux d'or

Il était une fois une pauvre femme qui mit au monde un petit garçon, et comme il était né coiffé, on lui prédit qu'à l'âge de quatorze ans, il aurait pour épouse la fille du roi. Il advint que bientôt après le roi se rendit au village, et personne ne savait que c'était le roi, et quand il demanda aux gens ce qu'il y avait de neuf, ils lui répondirent : « Ces jours-ci il nous est né un enfant coiffé. Tout ce qu'un enfant de cette espèce entreprend tourne à son avantage. D'ailleurs on lui a prédit qu'à l'âge de quatorze ans, il épouserait la fille du roi. » Le roi, qui avait le cœur méchant et que la prophétie mit en colère, alla trouver les parents, se donna l'air tout à fait aimable, et leur dit : « Pauvres gens, confiez-moi votre enfant, je veux me charger de lui. » Ils commencèrent par refuser, mais comme l'étranger leur offrait une grosse somme et qu'ils se disaient : « C'est un enfant de la chance, cela ne peut que tourner bien pour lui », ils finirent par accepter et lui donnèrent l'enfant.

Le roi le mit dans une boîte et partit à cheval avec lui, jusqu'au bord d'une eau profonde. Alors il y jeta la boîte en se disant : « J'ai débarrassé ma fille de ce prétendant inattendu. » Mais la boîte n'alla pas au fond, elle vogua comme un petit bateau et pas une goutte d'eau ne pénétra à l'intérieur. Elle navigua ainsi jusqu'à deux lieues de la capitale du roi, où se trouvait un moulin, au barrage duquel elle resta accrochée. Un jeune meunier, qui heureusement se trouvait là et l'aperçut, la tira à lui à l'aide d'un harpon et crut avoir trouvé de grands trésors, mais quand il l'ouvrit, il n'y vit qu'un beau poupon, tout frais et dispos. Il l'apporta aux maîtres du moulin, et comme ceux-ci n'avaient pas d'enfants, ils s'en réjouirent et dirent : « C'est Dieu qui nous l'a donné. » Ils prirent bien soin de l'enfant trouvé, et il grandit orné de toutes les vertus.

Il arriva qu'un jour d'orage, le roi entra au moulin et demanda aux meuniers si ce grand garçon était leur fils. « Non, dirent-ils, c'est un enfant trouvé, il y a quatorze ans de cela, il est arrivé dans une boîte jusqu'à notre barrage et notre apprenti l'a tiré de l'eau. » Le roi vit alors qu'il ne pouvait s'agir que de l'enfant né coiffé qu'il avait jeté à la rivière. « Braves gens, dit-il, ce jeune homme ne pourrait-il porter une lettre à Madame la Reine, je lui donnerai deux pièces d'or pour sa peine — A vos ordres, Sire », répondirent-ils et ils dirent au jeune garçon de se tenir prêt. Alors le roi écrivit à la reine un billet où il était dit : « Dès que le porteur de cette missive arrivera, il devra être tué et enterré, et tout cela avant mon retour. »

Le garçon se mit en route avec la lettre, mais il s'égara et arriva le soir dans une grande forêt. Dans l'obscurité il vit une petite lumière, se dirigea vers elle et arriva à une petite chaumière. Au moment où il entra, une vieille femme était assise toute seule près du feu. En l'apercevant, elle fut effrayée et dit : « D'où viens-tu et où vas-tu ? — Je viens du moulin, dit-il, et je vais chez la reine à qui je dois porter une lettre. Mais comme je me suis perdu dans le bois, je voudrais bien passer la nuit ici. — Pauvre enfant, tu es tombé dans un repaire de brigands et quand ils rentreront, ils te tueront. — Vienne qui voudra, dit le garçon, je n'ai pas peur ; mais je suis si fatigué que je ne peux pas aller plus loin. » Il s'étendit sur un banc et s'endormit. Peu après les brigands rentrèrent et demandèrent avec colère qui était cet étranger. « Ah, dit la vieille, c'est un enfant innocent, il s'est égaré dans la forêt et je l'ai recueilli par pitié. Il doit porter une lettre à la reine. » Les voleurs décachetèrent la lettre, ils la lurent et il y était dit qu'aussitôt arrivé, le garçon devait être tué. Alors les brigands au cœur dur furent pris de pitié, leur chef déchira la lettre et en écrivit une autre où l'on disait que dès son arrivé, le jeune garçon devrait être marié avec la fille du roi. Puis ils le laissèrent dormir tranquille sur son banc jusqu'au lendemain matin et quand il se réveilla, ils lui donnèrent la lettre et le remirent dans le bon chemin. Mais quand la reine eut reçu et lu le billet, elle fit comme on lui disait, ordonna de préparer une grande fête, et la fille du roi épousa le garçon né coiffé.

Quelque temps après, le roi rentra au château, il vit que la prédiction s'était accomplie et que le favori de la fortune avait épousé sa fille : « Comment cela est-il arrivé ? demanda-t-il, l'ordre que je donnais dans ma lettre était tout différent. » Alors la reine lui tendit le billet et lui dit de lire lui-même ce qu'il y avait dedans. Le roi le lut et comprit que le sien avait été échangé contre un autre. Il demanda au jeune homme ce qu'il avait fait de la lettre qu'il lui avait confiée et pourquoi il en avait apporté une autre à la place. « Je n'en sais rien, répondit-il, elle a dû être échangée pendant la nuit que j'ai passée dans le bois. » Au comble de la colère, le roi dit : « Ça ne se passera pas comme ça, celui qui veut avoir ma fille doit aller en enfer me chercher trois cheveux d'or de la tête du diable ; si tu me rapportes ce que je te demande, tu pourras garder ma fille. » Le roi espérait qu'ainsi il serait débarrassé de lui à tout jamais. Mais l'enfant né coiffé répondit : « J'irai bien chercher les trois cheveux d'or, je n'ai pas peur du diable. » Là-dessus il fit ses adieux et entreprit son voyage.

Son chemin le conduisit à la porte d'une grande ville, où le gardien lui demanda à quel métier il s'entendait et ce qu'il savait : « Je sais tout », répondit le favori de la fortune. « En ce cas, dit le gardien, tu peux nous rendre un service en nous disant pourquoi la fontaine de notre marché, d'où le vin jaillissait d'ordinaire, s'est tarie et ne donne même plus d'eau. — Vous le saurez, répondit-il, attendez seulement mon retour. » Puis il continua son chemin et arriva à la porte d'une autre ville où le gardien lui demanda de nouveau à quel métier il s'entendait et ce qu'il savait. « Je sais tout », répondit-il. « En ce cas tu peux nous rendre un service en nous disant pourquoi un arbre de notre ville qui d'habitude donnait des pommes d'or ne porte même plus de feuilles à présent. — Vous le saurez, répondit-il, attendez seulement mon retour. » Puis il continua son chemin et arriva au bord d'une grande rivière qu'il lui fallait traverser. Le passeur lui demanda à quel métier il s'entendait et ce qu'il savait : « Je sais tout », répondit-il. « En ce cas tu peux me rendre un service, dit le passeur, en me disant pourquoi je dois naviguer continuellement d'une rive à l'autre sans être jamais relayé. — Tu le sauras, répondit-il, attends seulement mon retour. »

Quand il eut passé l'eau, il trouva l'entrée de l'enfer. L'intérieur était noir et plein de suie, le diable n'était pas à la maison, mais sa grand-mère était là, assise dans un vaste fauteuil. « Que veux-tu ? lui dit-elle, mais elle n'avait pas l'air bien méchant. — Je voudrais trois cheveux d'or de la tête du diable, dit-il, sans quoi je ne pourrai pas garder ma femme. — C'est beaucoup demander, dit-elle, si le diable te trouve en rentrant, tu risques ta peau, mais tu me fais pitié, je vais voir à te venir en aide. » Elle le changea en fourmi et lui dit : « Fourre-toi dans les plis de ma jupe, tu y seras en sûreté. — Bon, dit-il, mais je voudrais encore savoir trois choses : pourquoi une fontaine d'où le vin jaillissait d'ordinaire s'est tarie et ne donne même plus d'eau, pourquoi un arbre qui d'habitude donnait des pommes d'or ne porte même plus de feuilles, et pourquoi un passeur doit faire la navette sans cesse d'une rive à l'autre sans jamais être relayé. — Ce sont des questions difficiles, dit-elle, mais tiens-toi tout à fait coi et fais attention à ce que le diable dira quand je lui arracherai les trois cheveux d'or. »

Le soir venu, le diable rentra chez lui. A peine eut-il mis le pied dans la maison qu'il s'aperçut que l'air n'était pas pur. « Je sens, je sens la chair humaine, dit-il, il y a quelque chose de louche par ici. » Puis il regarda et chercha dans tous les coins, mais il ne put rien trouver. Sa grand-mère le semonça : « On a à peine fini de balayer et de tout ranger, et voilà que tu nous remets tout sens dessus dessous ; tu as toujours l'odeur de la chair humaine dans le nez ! Assieds-toi et dîne ! » Quand il eut mangé et bu, il se sentit fatigué, il mit sa tête sur les genoux de sa grand-mère et lui demanda de l'épouiller un peu. Au bout de peu de temps, il s'était assoupi, soufflait et ronflait. Alors la vieille saisit un cheveu d'or, l'arracha et le mit à côté d'elle. « Aïe ! cria le diable, qu'est-ce qui te prend ? — J'ai fait un mauvais rêve, répondit la grand-mère, c'est pourquoi je t'ai pris par les cheveux. — Qu'as-tu donc rêvé ? demanda le diable. — J'ai rêvé qu'une fontaine d'où le vin jaillissait d'ordinaire s'était tarie et qu'elle ne voulait même plus donner d'eau, qu'est-ce qui en est cause ? — Hé, s'ils le savaient ! répondit le diable, il y un crapaud sous une pierre de la fontaine, quand ils le tueront le vin se remettra à couler. » La grand-mère recommença à l'épouiller jusqu'à ce qu'il se rendormît et ronflât à faire trembler les vitres. Alors elle lui arracha le deuxième cheveu : « Hou ! Qu'est-ce que tu fais ? cria le diable en colère. — Ne te fâche pas, répondit-elle, je l'ai fait en rêve. — Qu'as-tu donc encore rêvé ? demanda-t-il. — J'ai rêvé que dans un certain royaume il y avait un arbre fruitier qui d'habitude donnait des pommes d'or et qui maintenant ne veut même plus porter de feuilles. Qu'est-ce qui pourrait bien en être cause ? — Hé, s'ils le savaient ! répondit le diable, c'est une souris qui ronge la racine, quand ils la tueront, l'arbre donnera de nouveau des pommes d'or, mais si elle continue à ronger plus longtemps, il se desséchera tout à fait. Mais laisse-moi en paix avec tes rêves, si tu me déranges encore une fois, tu auras un soufflet. » La grand-mère le calma et se remit à l'épouiller jusqu'à ce qu'il se rendormît et ronflât de nouveau. Alors elle saisit le troisième cheveu d'or et l'arracha. Le diable sauta en l'air, se mit à crier et s'apprêta à lui faire passer un mauvais quart d'heure, mais elle l'apaisa une fois de plus et dit : « Qui peut répondre de ses mauvais rêves ? — Qu'as-tu donc rêvé ? demanda-t-il, curieux malgré tout. — J'ai rêvé d'un passeur qui se plaignait d'être forcé de faire sans cesse la navette d'une rive à l'autre, sans être relayé. Qu'est-ce qui en est cause ? — Hé, l'imbécile ! répondit le diable, quand quelqu'un viendra et demandera à être passé, il n'aura qu'à lui mettre la gaffe dans la main, alors c'est l'autre qui devra passer les gens et il sera libre. » Comme la grand-mère avait arraché les trois cheveux d'or et que les trois questions avaient reçu une réponse, elle laissa le vieux dragon en repos et il dormit jusqu'au lever du jour.

Lorsque le diable fut reparti, la vieille retira la fourmi du pli de son jupon et rendit sa forme humaine à l'enfant de la chance. « Voilà les trois cheveux d'or, lui dit-elle, quant à ce que le diable a répondu à tes trois questions, tu l'as sans doute entendu. — Oui, dit-il, je l'ai entendu et le retiendrai bien. — Te voilà tiré d'affaire, dit-elle, à présent tu peux aller ton chemin. » Il remercia la vieille et quitta l'enfer, content que tout lui eût si bien réussi. Quand il arriva auprès du passeur, il dut lui donner la réponse promise. « Fais-moi d'abord traverser, dit l'enfant de la chance, puis je te dirai comment tu seras délivré » et quand il eut atteint l'autre rive, il lui donna le conseil du diable. « Quand il reviendra quelqu'un te demander de passer, tu n'as qu'à lui mettre la gaffe dans la main. » Il continua son chemin et arriva à la ville où se trouvait l'arbre stérile et où le gardien voulut aussi avoir sa réponse. Alors il lui répéta ce qu'il avait entendu dire au diable. « Tuez la souris qui ronge sa racine et il donnera de nouveau des pommes d'or. » Le gardien le remercia et lui donna en récompense deux ânes chargés d'or qui le suivirent. Enfin il arriva à la ville dont la fontaine était tarie. Alors il répéta au gardien ce que le diable avait dit : « Il y a un crapaud sous une pierre de la fontaine, cherchez-le et tuez-le, et elle vous donnera de nouveau du vin en abondance. » Le gardien le remercia et lui donna également deux ânes chargés d'or.

Enfin l'enfant de la chance arriva chez lui auprès de sa femme, qui se réjouit de tout son cœur en le revoyant et en apprenant comme tout lui avait bien réussi. Il apporta au roi les trois cheveux d'or du diable qu'il lui avait demandés et quand le roi vit les quatre ânes chargés d'or, il en fut tout joyeux et dit : « A présent toutes les conditions sont remplies et tu peux garder ma fille. Mais dis-moi, mon cher gendre, d'où vient tout cet or ? C'est vraiment un trésor considérable ! — J'ai passé une rivière, répondit-il, et c'est là que je l'ai pris, il se trouve sur la rive en guise de sable. — Puis-je aller en chercher aussi ? dit le roi tout alléché. — Tant que vous voudrez, répondit-il, il y a un passeur sur la rivière, faites-vous conduire par lui de l'autre côté et vous pourrez remplir vos sacs. » Le roi cupide partit en toute hâte et quand il arriva au bord de l'eau, il fit signe au passeur de le faire traverser. Le passeur approcha et lui dit de monter et quand ils atteignirent la rive opposée, il lui mit la gaffe dans la main et sauta à terre. Désormais, le roi dut faire le passeur en punition de ses péchés.

« Le fait-il encore ? — Eh quoi ? Il ne se sera trouvé personne pour lui prendre sa gaffe. »

La jeune fille sans mains

Un meunier était peu à peu tombé dans la misère et il n'avait plus rien que son moulin avec, derrière, un grand pommier. Un jour qu'il avait été chercher du bois dans la forêt, un vieil homme qu'il n'avait encore jamais vu s'approcha de lui et lui dit : « Pourquoi t'échines-tu à casser du bois ? Je peux te rendre riche si tu me promets ce qui se trouve derrière ton moulin. — Qu'est-ce que cela pourrait être sinon mon pommier ? » pensa-t-il, il accepta et s'engagea par écrit. Mais l'inconnu éclata d'un rire sarcastique et dit : « Dans trois ans, je viendrai chercher ce qui m'appartient » et il s'en fut. Quand le meunier rentra chez lui, sa femme vint à sa rencontre et lui dit : « Dis-moi, meunier, d'où vient cette richesse soudaine dans notre maison ? Tout d'un coup toutes les caisses et les armoires sont pleines, personne n'a rien apporté et je ne sais pas comment cela s'est produit. » Il répondit : « Cela vient d'un inconnu que j'ai rencontré dans la forêt et qui m'a promis de grands trésors ; en échange je me suis engagé par écrit à lui donner ce qui se trouve derrière le moulin : nous pouvons bien sacrifier pour cela notre grand pommier. — Ah mon pauvre homme, dit la femme épouvantée, c'était le diable, il ne parlait pas du pommier, mais de notre fille, qui était derrière le moulin et balayait la cour. »

La fille du meunier était belle et pieuse, elle vécut ces trois ans pieusement et sans péchés. Quand le temps fut révolu et que le jour vint où le diable voulut la prendre, elle se lava soigneusement et traça autour d'elle un cercle de craie. Le diable se montra de bonne heure, mais il ne put pas l'approcher. Furieux, il dit au meunier : « Ote-lui toute eau afin qu'elle ne puisse plus se laver, sans quoi je suis sans pouvoir sur elle. » Le meunier eut peur et obéit. Le lendemain le diable revint, mais elle avait pleuré sur ses mains et elles étaient parfaitement propres. Alors une fois de plus il ne put l'approcher et dit plein de colère au meunier : « Coupe-lui les mains, sinon elle m'échappe. » Le meunier fut épouvanté et répondit : « Comment pourrais-je couper les mains de ma propre fille ! » Alors le Malin le menaça et dit : « Si tu ne le fais pas, tu es à moi et c'est toi que je prendrai. » Le père prit peur et promit d'obéir. Il alla donc trouver sa fille et lui dit : « Mon enfant, si je ne te coupe pas les deux mains, le diable m'emportera, et dans ma peur je le lui ai promis. Aide-moi donc dans ma détresse et pardonne-moi le mal que je te fais. » Elle répondit : « Cher père, faites de moi ce que vous voulez, je suis votre enfant. » Puis elle tendit ses deux mains et se les laissa couper. Le diable vint pour la troisième fois, mais elle avait tant pleuré sur ses moignons qu'ils étaient encore parfaitement propres. Alors il dut s'avouer vaincu et perdit tout droit sur elle.

Le meunier lui dit : « J'ai gagné une si grande richesse grâce à toi que je veux t'entretenir sur un grand pied ta vie durant. » Mais elle répondit : « Je ne peux pas rester ici ; je vais m'en aller ; des gens compatissants me donneront bien ce dont j'ai besoin. » Puis elle se fit attacher ses bras mutilés derrière le dos et au lever du jour, elle se mit en route et chemina jusqu'à la nuit.

Alors elle arriva à un jardin royal et elle vit au clair de lune qu'il y avait là des arbres couverts de beaux fruits ; mais elle ne put pas y entrer, car il était entouré d'eau. Et comme elle avait marché tout le jour sans manger le moindre morceau et que la faim la tourmentait, elle s'écria : « Ah, que ne suis-je dans ce jardin pour pouvoir manger un peu de fruits, autrement je vais périr d'inanition. » Alors elle se mit à genoux, invoqua le Seigneur et pria. Soudain un ange apparut, il fit une écluse dans l'eau, de sorte que le fossé fut à sec et qu'elle put le traverser. À présent elle était dans le jardin et l'ange l'accompagnait. Elle vit un arbre qui portait des fruits, c'étaient de belles poires, mais elles étaient toutes comptées. Alors elle s'approcha et pour apaiser sa faim, elle en mangea une avec sa bouche, mais pas plus. Le jardinier le vit bien, mais comme l'ange était là, il eut peur et prenant la jeune fille pour un esprit, il se tut et n'osa ni crier ni lui adresser la parole. Quand elle eut mangé la poire, elle fut rassasiée et alla se cacher derrière le fourré. Le lendemain matin, le roi descendit au jardin, car il lui appartenait ; alors il compta et vit qu'il manquait une poire, il demanda au jardinier ce qu'il en était advenu, elle n'était pas tombée sous l'arbre et pourtant elle avait disparu. Alors le jardinier répondit : « La nuit dernière, un esprit est entré ici, il n'avait pas de mains et a mangé une poire avec sa bouche. » Le roi dit : « Comment l'esprit a-t-il traversé le fossé ? Où est-il allé après avoir mangé la poire ? » Le jardinier répondit : « Quelqu'un est descendu du ciel avec une robe blanche comme neige, il a fermé l'écluse et arrêté l'eau, afin que l'esprit puisse traverser le fossé. Et comme cela ne pouvait être qu'un ange, j'ai eu peur, je n'ai rien demandé et je n'ai pas appelé. Quand l'esprit eut mangé la poire, il est reparti. » Le roi dit : « S'il en est comme tu dis, cette nuit je monterai la garde avec toi. »

Quand il fit nuit, le roi vint au jardin accompagné d'un prêtre qui devait interroger l'esprit. Tous trois s'assirent sous l'arbre et restèrent aux aguets. Vers minuit, la jeune fille sortit en rampant du fourré, s'approcha de l'arbre et mangea de nouveau une poire avec sa bouche ; et à côté d'elle se tenait l'ange dans sa robe blanche. Alors le prêtre s'avança et dit : « Viens-tu de Dieu ou du monde ? Es-tu un esprit ou une créature humaine ? » Elle répondit : « Je ne suis pas un esprit, mais une pauvre créature abandonnée de tous, sauf de Dieu. » Le roi dit : « Si tu es abandonnée de tout le monde, moi je ne t'abandonnerai pas. » Il l'emmena dans son château royal, et comme elle était si belle et si pieuse, il l'aima de tout son cœur, puis il lui fit des mains d'argent et la prit pour épouse.

Un an après, le roi dut partir pour la guerre, alors il recommanda la jeune reine à sa mère et dit : « Quand viendra le moment de ses couches, gardez-la en bonne santé et soignez-la bien et écrivez-moi tout de suite une lettre. » Or elle mit au monde un beau garçon. Alors la vieille mère s'empressa d'écrire pour lui annoncer la joyeuse nouvelle. Mais le messager se reposa en route au bord d'un ruisseau, et comme sa longue marche l'avait fatigué, il s'endormit. Alors le diable, qui cherchait à nuire à la pieuse reine, vint échanger la lettre contre une autre, dans laquelle il était dit que la reine avait mis au monde un avorton. Quand le roi lut cette missive, il fut épouvanté et s'affligea fort, pourtant il répondit qu'ils eussent à veiller sur la reine et à la bien soigner jusqu'à son retour. Le messager repartit avec la lettre, se reposa au même endroit, et de nouveau s'endormit. Alors le diable vint derechef, lui mit une autre lettre dans sa poche, où il était dit qu'ils devaient faire mourir la reine et son enfant. En recevant cette missive, la vieille mère fut grandement effrayée, elle ne put pas le croire et écrivit encore une fois au roi, mais elle ne reçut pas de réponse parce que chaque fois le diable substituait une fausse lettre à celle du messager : et dans la dernière on ajoutait qu'ils devaient garder la langue et les yeux de la reine comme preuve.

Mais la vieille reine se désola de devoir verser un sang si innocent, pendant la nuit elle envoya chercher une biche, puis elle lui coupa la langue et les yeux et les mit de côté. Ensuite elle dit à la reine : « Je ne peux pas te faire tuer comme le roi l'ordonne, mais il ne t'est pas possible de rester plus longtemps ici : va avec ton enfant dans le vaste monde et ne reviens jamais. » Elle lui attacha son enfant sur le dos et la pauvre femme s'en fut en versant des larmes. Elle arriva dans une grande forêt sauvage et là, elle se mit à genoux et pria Dieu, et l'ange du Seigneur lui apparut et la conduisit à une petite maison où il y avait une pancarte avec ces mots : « Ici tout un chacun est logé gratis. » De la maison sortit une demoiselle blanche comme neige qui dit : « Soyez la bienvenue, Madame la Reine » et la fit entrer. Alors elle détacha le petit garçon de son dos et le lui tint sur le sein pour le faire boire, puis elle le coucha dans un joli petit lit tout préparé. La pauvre femme dit alors : « D'où sais-tu que je suis reine ? » La blanche demoiselle répondit : « Je suis un ange envoyé par Dieu pour prendre soin de toi et de ton enfant. » Et elle resta sept ans dans la maison et fut bien soignée, et à cause de sa piété, ses mains coupées lui repoussèrent par la grâce de Dieu.

Enfin le roi revint de guerre, et avant toutes choses, il demanda à voir sa femme et son enfant. Alors la vieille mère se mit à pleurer et dit : « Méchant homme, ne m'as-tu pas écrit que je devais faire mourir ces deux âmes innocentes ! » et elle lui montra les deux lettres que le Malin avait falsifiées et ajouta : « J'ai fait comme tu l'as ordonné » et elle lui fit voir la langue et les yeux comme preuves. Le roi se mit à pleurer plus amèrement encore à cause de sa pauvre femme et de son petit garçon, en sorte que la vieille mère eut pitié de lui et lui dit : « Sois content, elle vit encore. J'ai fait abattre une biche en secret et c'est elle qui m'a fourni les preuves, quant à ta femme, je lui ai attaché son enfant sur le dos en lui disant d'aller dans le vaste monde, puis je lui ai fait promettre de ne jamais revenir, vu que tu étais si fort en colère contre elle. » Alors le roi dit : « Je vais aller aussi loin que s'étend l'azur, sans boire ni manger, jusqu'à ce que je retrouve ma chère femme et mon enfant, s'ils n'ont pas succombé ou ne sont pas morts de faim entretemps. »

Là-dessus le roi parcourut le monde pendant sept ans, et il les chercha dans toutes les fentes de rocher et dans les cavernes, mais il ne les trouva pas et pensa qu'ils avaient péri. Il ne mangea ni ne but pendant tout ce temps, mais Dieu le maintint en vie. Enfin il arriva dans une grande forêt et il y vit la petite maison où il y avait la pancarte avec les mots : « Ici tout un chacun est logé gratis. » Alors la blanche demoiselle sortit et dit : « Soyez le bienvenu, Sire le Roi » et lui demanda d'où il venait. Il répondit : « Il y a bientôt sept ans que je suis parti à la recherche de ma femme et de mon enfant, mais je ne suis pas parvenu à les trouver. » L'ange lui offrit à boire et à manger, mais il ne le prit pas, il accepta seulement de se reposer un peu. Alors il s'étendit pour dormir et mit un mouchoir sur son visage.

Là-dessus l'ange alla dans la chambre où la reine se trouvait avec son enfant, qu'elle appelait ordinairement Affligé, et il lui dit : « Sors avec ton enfant, ton époux est arrivé. » Elle alla donc à l'endroit où il était étendu, et le mouchoir lui tomba du visage. Elle dit alors : « Affligé, ramasse le mouchoir de ton père et recouvre-lui le visage. » L'enfant le ramassa et le posa de nouveau sur son visage. Le roi entendit cela dans son demi-sommeil et, à dessein, il fit tomber de nouveau le mouchoir. Alors le petit garçon s'impatienta et dit : « Chère mère, comment puis-je couvrir le visage de mon père puisque je n'ai pas de père au monde ? J'ai appris à prier : notre père qui êtes aux cieux ; et alors tu m'as dit que mon père était au ciel et que c'était le bon

Dieu : comment connaîtrais-je un homme aussi turbulent ? Celui-là n'est pas mon père. » Quand le roi entendit cela, il se dressa sur son séant et lui demanda qui elle était. Alors elle dit : « Je suis ta femme, et voici ton fils Affligé. » Et il vit ses mains vivantes et dit : « Ma femme avait des mains d'argent. » Elle répondit : « Mes mains naturelles ont repoussé grâce à Dieu », et l'ange alla chercher les mains d'argent dans la chambre pour les lui montrer. Alors seulement il eut la certitude que c'étaient bien sa chère femme et son cher enfant, et il les embrassa et fut heureux et dit : « Cela me soulage d'un grand poids. » Alors l'ange leur fit prendre encore un repas ensemble, puis ils rentrèrent à la maison auprès de sa vieille mère. Il y eut partout grande liesse, le roi et la reine célébrèrent une seconde fois leurs noces et vécurent dans la joie jusqu'à leur bienheureuse mort.

Les six cygnes

Un jour qu'il chassait dans une grande forêt, un roi se mit avec tant d'ardeur à la poursuite du gibier que personne de ses gens ne put le suivre. À la tombée du soir, il s'arrêta et regarda autour de lui ; alors il vit qu'il s'était égaré. Il chercha à sortir, mais ne trouva pas la moindre issue. Il vit alors une vieille femme au chef branlant qui se dirigeait vers lui ; or c'était une sorcière. « Bonne femme, pouvez-vous me montrer le chemin qui traverse la forêt ? — Oh oui, Sire le Roi, répondit-elle, je le peux fort bien, mais à une condition ; si vous ne la remplissez pas, vous ne sortirez jamais de la forêt et vous y périrez de faim. — Quelle est cette condition ? » demanda le roi. « J'ai une fille, dit la vieille, qui est si belle que vous ne trouverez pas sa pareille sur terre et qu'elle mérite bien d'être votre épouse ; si vous voulez la faire reine, je vous aiderai à sortir de la forêt. » Dans l'angoisse de son cœur, le roi y consentit et la vieille le conduisit à une maisonnette où sa fille était assise près de l'âtre. Elle accueillit le roi comme si elle l'avait attendu, et il vit bien qu'elle était très belle, mais pourtant elle ne lui plaisait pas et il ne pouvait la regarder sans un secret effroi. Quand il eut fait monter la jeune fille sur son cheval, la vieille lui montra le chemin et le roi retrouva son château royal, où les noces furent célébrées.

Le roi avait déjà été marié et, de sa première femme, il avait sept enfants, six garçons et une fille qu'il aimait par-dessus tout au monde. Craignant que la marâtre ne les traitât pas bien ou même leur fît du mal, il les mena dans un château solitaire qui se dressait au cœur d'une forêt. Il était si bien caché et le chemin pour y aller était si difficile à trouver qu'il l'aurait perdu lui-même si une sage-femme ne lui avait donné une pelote de fil douée d'une vertu merveilleuse ; quand il la jetait devant lui, elle se déroulait d'elle-même et lui montrait le chemin. Or, le roi sortait si souvent pour aller voir ses chers enfants que la princesse remarqua ses absences ; elle était curieuse et voulut savoir ce qu'il allait faire tout seul si loin dans le bois. Elle donna beaucoup d'argent à ses laquais qui lui révélèrent le secret et lui parlèrent aussi de la pelote qui seule pouvait montrer le chemin. Dès lors elle n'eut plus de répit qu'elle n'eût découvert l'endroit où le roi mettait la pelote, puis elle confectionna de petites chemises de soie, et comme sa mère lui avait appris la sorcellerie, elle cousit un charme dedans. Et un jour que le roi était à la chasse, elle prit les petites chemises et partit pour la forêt, et la pelote lui montra le chemin. Voyant quelqu'un venir de loin, les enfants pensèrent que c'était leur cher père, et ils allèrent à sa rencontre en sautant de joie. Alors elle jeta sur chacun d'eux une des petites chemises et dès qu'elle leur toucha le corps, ils se changèrent en cygnes et prirent leur vol au-dessus de la forêt. Toute contente, la reine rentra chez elle, croyant être débarrassée des enfants, mais la petite fille n'était pas sortie avec ses frères, et elle ignorait son existence. Le lendemain, le roi vint voir ses enfants, mais il ne trouva plus que la petite fille. « Où sont tes frères ? demanda le roi. — Ah, cher père, répondit-elle, ils sont partis et m'ont laissée seule » et elle lui conta qu'elle avait vu de sa petite fenêtre ses frères changés en cygnes s'envoler au-dessus de la forêt, et elle lui montra les plumes qu'ils avaient laissé tomber dans la cour et qu'elle avait ramassées. Le roi s'affligea, mais l'idée ne lui vint pas que c'était la reine qui avait accompli ce forfait et craignant que la jeune fille ne lui fût aussi ravie, il voulut l'emmener. Mais elle avait peur de sa belle-mère et elle pria le roi de la laisser une nuit encore dans le château isolé.

La pauvre fille pensait : « Je ne resterai pas plus longtemps ici, je vais partir chercher mes frères. » Et quand la nuit fut venue, elle s'enfuit et se dirigea tout droit vers la forêt. Elle marcha toute la nuit et encore toute la journée du lendemain, jusqu'à ce qu'elle tombât de fatigue. Alors elle aperçut une cabane abandonnée, elle monta l'escalier et trouva une chambre avec six petits lits, mais elle n'osa pas se coucher, elle se glissa sous l'un d'eux et s'étendit sur le sol dur, résolue à y passer la nuit. Comme le soleil allait se coucher, elle entendit un frémissement et vit six cygnes entrer par la fenêtre. Ils se posèrent par terre et soufflèrent l'un sur l'autre pour faire tomber toutes leurs plumes, et leur peau de cygne s'ôta comme une chemise. Alors la jeune fille les regarda et reconnut ses frères, et toute joyeuse, elle sortit de dessous le lit. En voyant leur petite sœur, les frères ne furent pas moins heureux, mais leur joie fut de courte durée. « Tu ne peux pas rester ici, lui dirent-ils, c'est un repaire de brigands ; s'ils te trouvent en rentrant, ils te tueront. — Ne pouvez-vous pas me protéger ? demanda la petite sœur. — Non, répondirent-ils, nous ne pouvons ôter notre peau de cygne qu'un quart d'heure tous les soirs, pendant lequel nous avons notre forme humaine, mais ensuite nous sommes de nouveau changés en cygnes. » La petite sœur se mit à pleurer et dit : « N'y a-t-il aucun moyen de vous délivrer ? — Oh non, répondirent-ils, les conditions sont trop dures. Tu devrais rester six ans sans parler et sans rire et pendant ce temps coudre pour nous six petites chemises faites de fleurs étoilées. Et si un seul mot sortait de ta bouche, tout ton travail serait perdu. » Et quand ils eurent dit ces mots, le quart d'heure était passé et ils s'envolèrent par la fenêtre sous la forme de cygnes.

Cependant la jeune fille était fermement résolue à délivrer ses frères, dût-il lui en coûter la vie. Elle quitta la cabane abandonnée, alla au cœur de la forêt, et se jucha sur un arbre où elle passa la nuit. Le lendemain elle se mit en route pour ramasser des fleurs étoilées et commença de coudre. Elle ne pouvait parler à personne, et pour ce qui est de rire, elle n'en avait pas envie : elle restait assise sans lever les yeux de son travail. Il y avait déjà longtemps qu'elle était là quand, le roi du pays étant à la chasse dans la forêt, ses chasseurs se trouvèrent au voisinage de l'arbre où la jeune fille était perchée. Ils l'appelèrent en disant : « Qui es-tu ? » Mais elle ne répondit pas. « Viens nous rejoindre, dirent-ils, nous ne te ferons pas de mal. » Elle se borna à secouer la tête. Comme ils continuaient de la presser de questions, elle leur jeta sa chaîne d'or, pensant les contenter ainsi. Mais ils ne cessaient pas de l'appeler ; alors elle leur jeta sa ceinture et comme cela n'y faisait rien non plus, ses jarretelles et, peu à peu, tout ce qu'elle avait sur elle et dont elle pouvait se passer, si bien qu'elle ne garda que sa petite chemise. Mais les chasseurs ne se laissèrent pas décourager, ils montèrent sur l'arbre, firent descendre la jeune fille et la conduisirent devant le roi. Le roi lui demanda : « Qui es-tu ? Que fais-tu sur cet arbre ? » Mais elle ne répondit pas. Il l'interrogea dans toutes les langues qu'il connaissait, mais elle resta muette comme une carpe. Pourtant elle était si belle que le cœur du roi en fut touché et il conçut pour elle un grand amour. Il l'enveloppa dans son manteau, la fit monter sur son cheval et l'emmena dans son château. Là, il lui fit faire de riches habits, et elle parut dans sa beauté radieuse comme le jour, mais on ne put pas lui tirer un seul mot. Il la fit asseoir à table auprès de lui, et son air modeste et ses bonnes manières lui plurent tellement qu'il se dit : « C'est elle que je veux épouser et nulle autre au monde », et au bout de quelques jours il la prit pour femme.

Or, le roi avait une méchante mère qui était mécontente de ce mariage et disait du mal de la jeune reine. « Qui sait, dit-elle, d'où vient cette donzelle qui ne sait pas parler; elle n'est pas digne d'un roi. » Un an après, quand la reine eut accouché de son premier enfant, la vieille le lui enleva et lui barbouilla la bouche de sang pendant son sommeil. Puis elle alla trouver le roi et l'accusa d'être une ogresse. Le roi ne voulut pas le croire et ne souffrit pas qu'on lui fît du mal. Quant à elle, elle restait constamment à coudre ses chemises et ne s'occupait de rien d'autre. La deuxième fois qu'elle accoucha encore d'un beau garçon, la vieille eut recours à la même tromperie, mais le roi ne put pas se résoudre à ajouter foi à ses dires. Il déclara : « Elle est trop pieuse et trop bonne pour faire une chose pareille; si elle n'était pas muette et pouvait se défendre, son innocence éclaterait à tous les yeux. » Mais quand elle enleva pour la troisième fois l'enfant nouveau-né et qu'elle accusa la reine, sans que celle-ci dît un mot pour se défendre, le roi ne put faire autrement que de la livrer à la justice, et elle fut condamnée à subir la mort par le feu.

Le jour vint où la sentence devait être exécutée, mais c'était aussi le dernier jour des six années pendant lesquelles elle ne devait ni rire ni parler, et ses six frères étaient délivrés du pouvoir de la sorcière. Les six chemises étaient finies, toutefois il manquait la manche gauche à la dernière. Quand on la conduisit à l'échafaud, elle posa les chemises sur son bras et quand elle fut en haut du bûcher, au moment où on allait y mettre le feu, elle regarda autour d'elle : et voici que six cygnes s'en venaient en fendant les airs. Alors elle vit que sa délivrance approchait, et son cœur tressaillit de joie. Les cygnes battirent des ailes dans sa direction et plongèrent de telle sorte qu'elle put leur jeter les chemises : et dès qu'elles les eurent touchés, ils perdirent leur peau de cygne et elle vit ses frères devant elle en chair et en os, dans toute leur fraîcheur et leur beauté ; seul le plus jeune n'avait pas de bras gauche, en revanche il avait une aile de cygne dans le dos. Ils se couvrirent de caresses et s'embrassèrent, et la reine alla vers le roi, qui était tout abasourdi, et se mettant à parler, elle lui dit : « Mon époux bien-aimé, à présent j'ai le droit de parler pour te révéler que je suis innocente et qu'on m'a faussement accusée » et elle lui conta la tromperie de la vieille, qui lui avait enlevé et caché ses trois enfants. On alla alors les chercher à la plus grande joie du roi, et en châtiment de ses crimes, la méchante belle-mère fut liée sur l'échafaud et réduite en cendres. Quant au roi et à la reine avec ses six frères, ils vécurent de longues années dans la paix et le bonheur.

La Belle au Bois Dormant

Il y avait autrefois un roi et une reine qui disaient chaque jour : « Ah, que ne pouvons-nous avoir un enfant ! » et jamais il ne leur en venait. Or, un jour que la reine était au bain, une grenouille sortit de l'eau, vint à terre et lui dit : « Ton souhait va être exaucé, avant qu'un an ne soit écoulé tu mettras une fille au monde. » Ce que la grenouille avait dit s'accomplit et la reine eut une fille si jolie que le roi ne put se tenir de joie et donna une grande fête. Il n'y invita pas seulement ses parents, amis et connaissances, mais aussi les sages-femmes, afin qu'elles fussent propices et favorables à son enfant. Il y en avait treize dans tout le royaume, mais comme il ne possédait que douze assiettes d'or dans lesquelles les faire manger, il y en eut une qui dut rester chez elle. La fête fut célébrée en grande pompe et quand elle fut finie, les sages-femmes firent à l'enfant leurs dons merveilleux : l'une lui donna la vertu, l'autre la beauté, et la troisième la richesse et il en fut ainsi de tout ce que l'on peut désirer en ce monde. Onze d'entre elles venaient de prononcer leurs formules magiques quand la treizième entra soudain. Elle voulait se venger de n'être pas invitée, et sans un salut ou même un regard pour personne, elle s'écria à haute voix : « Dans sa quinzième année, la princesse se piquera avec un fuseau et tombera morte. » Puis sans dire un mot de plus, elle fit demi-tour et quitta la salle. Tous étaient effrayés, alors la douzième, qui avait encore un vœu à faire, s'avança, et comme elle ne pouvait pas annuler le mauvais sort, mais seulement l'adoucir, elle dit : « Ce n'est pas dans la mort que la princesse tombera, mais un profond sommeil de cent ans. »

Le roi, qui aurait bien voulu préserver son enfant chérie du malheur, fit publier l'ordre de brûler les fuseaux de tout le royaume. Cependant, les dons des sages-femmes s'accomplissaient, car la fillette était si belle, modeste, aimable et intelligente que tous ceux qui la voyaient ne pouvaient s'empêcher de l'aimer. Or, il advint, juste le jour de ses quinze ans, que le roi et la reine s'absentèrent et que la jeune fille resta seule au château. Alors elle se promena partout, visita salles et chambres à son gré, et finit par arriver ainsi devant un vieux donjon. Elle gravit l'étroit escalier en colimaçon et se trouva devant une petite porte. Il y avait une clé rouillée dans la serrure, et comme elle tournait, la porte s'ouvrit, et voici que dans un petit galetas, une vieille femme était assise, qui filait activement son lin avec son fuseau. « Bonjour, petite mère, dit la fille du roi, que fais-tu là ? — Je file, dit la vieille en hochant la tête. — Qu'est-ce donc que cette chose qui sautille si joyeusement ? » dit la jeune fille. Elle prit le fuseau et voulut filer à son tour. Mais à peine y eut-elle touché que la sentence magique s'accomplit et qu'elle se piqua le doigt.

Or, à l'instant où elle sentit la piqûre, elle tomba sur le lit qui se trouvait là, et resta plongée dans un profond sommeil. Et ce sommeil se propagea à tout le château. Le roi et la reine, qui revenaient justement et entraient dans la salle, commencèrent à s'endormir et toute leur suite avec eux. Alors les chevaux s'endormirent aussi dans l'écurie, les chiens dans la cour, les pigeons sur le toit, les mouches sur le mur, le feu lui-même, qui flambait dans l'âtre, se tut et s'endormit, le rôti cessa de rissoler et le cuisinier, qui s'apprêtait à tirer le marmiton par les cheveux parce qu'il avait commis une bévue, le lâcha et dormit. Et le vent tomba, et sur les arbres, devant le château, pas une petite feuille ne continua à bouger.

Or, tout autour du château une haie d'épines commença à pousser, qui grandit d'année en année et finalement entoura tout le château et s'éleva même plus haut que lui, si bien qu'on ne pouvait plus rien en voir, pas même la girouette sur le toit. Cependant, la légende de la Belle au

Bois Dormant se répandait dans le pays, car c'est ainsi qu'on appelait la princesse, si bien que de temps en temps il venait des fils de roi qui tentaient de pénétrer dans le château à travers la haie. Mais ils ne le pouvaient pas, car les épines se tenaient aussi solidement que si elles avaient eu des mains, et les jeunes gens y restaient pris sans pouvoir se dégager et périssaient d'une mort lamentable. Au bout de longues, longues années, un prince passa de nouveau par le pays et il entendit un vieillard raconter que derrière la haie d'épines, il y avait un château où une princesse d'une beauté merveilleuse, nommée la Belle au Bois Dormant, dormait depuis déjà cent ans, et qu'avec elle dormaient le roi, la reine et toute la cour. Il tenait aussi de son grand-père que beaucoup de fils de rois étaient déjà venus pour essayer de passer à travers la haie, mais qu'ils y étaient restés accrochés et avaient péri d'une triste mort. Alors le jeune homme dit : « Je n'ai pas peur, je veux y aller et voir la Belle au Bois Dormant. » Le bon vieux eut beau le lui déconseiller, il ne voulut rien entendre.

Or, les cent ans étaient justement écoulés et le jour était venu où la Belle devait se réveiller. Et quand le prince s'approcha de la haie d'épines, il ne trouva rien que de belles et grandes fleurs qui s'ouvrirent d'elles-mêmes, le laissèrent passer sans dommage et se refermèrent en formant une haie derrière lui. Dans la cour du château, les chevaux et les chiens de chasse tachetés étaient couchés et dormaient, les pigeons perchés sur le toit avaient caché leur petite tête sous leur aile. Et quand il entra dans la maison, les mouches dormaient sur les murs, dans la cuisine le maître queux faisait toujours le geste d'empoigner le marmiton, et la servante était encore assise devant la poule noire qu'elle s'apprêtait à plumer, et dans la grande salle, il vit toute la cour couchée et dormant, et en haut, le roi et la reine étendus près du trône. Alors il alla encore plus loin et tout était tellement silencieux qu'on pouvait s'entendre respirer, et enfin il arriva au donjon et ouvrit la porte du petit galetas où la Belle était endormie. Elle était là, si jolie qu'il ne pouvait détacher d'elle ses regards, et se baissant il lui donna un baiser. A peine l'eut-il effleurée de son baiser que la Belle au Bois Dormant ouvrit les yeux, se réveilla et le regarda d'un air tout à fait affable. Alors ils descendirent ensemble et le roi se réveilla, ainsi que la reine et toute la cour, et ils se regardèrent en ouvrant de grands yeux. Et dans la cour les chevaux se levèrent et se secouèrent, les chiens de chasse sautèrent et remuèrent la queue, les pigeons du toit sortirent leur tête de dessous leur aile, regardèrent autour d'eux et prirent leur vol vers les champs. Les mouches continuèrent à marcher sur les murs, le feu dans la cuisine reprit, flamba et fit cuire le repas. Le rôti se remit à rissoler et le cuisinier donna au marmiton une gifle qui le fit crier, et la servante finit de plumer le poulet. Alors les noces du prince avec la Belle furent célébrées en grande pompe et ils vécurent heureux jusqu'à la fin de leurs jours.

Blancheneige

Un jour, c'était au beau milieu de l'hiver et les flocons de neige tombaient du ciel comme du duvet, une reine était assise auprès d'une fenêtre encadrée d'ébène noir, et cousait. Et tandis qu'elle cousait ainsi et regardait neiger, elle se piqua le doigt avec son aiguille et trois gouttes de sang tombèrent dans la neige. Et le rouge était si joli à voir sur la neige blanche qu'elle se dit : « Oh, puissé-je avoir une enfant aussi blanche que la neige, aussi rouge que le sang et aussi noire que le bois de ce cadre ! » Peu après, elle eut une petite fille qui était aussi blanche que la neige, aussi rouge que le sang et aussi noire de cheveux que l'ébène, et que pour cette raison on appela Blancheneige. Et quand l'enfant fut née, la reine mourut.

Un an plus tard, le roi prit une autre épouse. C'était une belle femme, mais fière et hautaine, et elle ne pouvait pas souffrir que quelqu'un la surpassât en beauté. Elle avait un miroir magique, quand elle se mettait devant et s'y contemplait, elle disait :

Petit miroir, petit miroir chéri,
Quelle est la plus belle de tout le pays ?

et le miroir répondait :

Madame la Reine, vous êtes la plus belle de tout le pays.

Alors elle était tranquille, car elle savait que le miroir disait vrai.

Cependant Blancheneige grandissait et embellissait de plus en plus ; quand elle eut sept ans, elle était aussi belle que la lumière du jour et plus belle que la reine elle-même. Et un jour que celle-ci demandait au miroir :

Petit miroir, petit miroir chéri,
Quelle est la plus belle de tout le pays ?

il répondit :

Madame la Reine, vous êtes la plus belle ici,
Mais Blancheneige est mille fois plus jolie.

Alors, la reine prit peur et devint jaune et verte de jalousie. Dès lors, quand elle apercevait Blancheneige, son cœur se retournait dans sa poitrine, tant elle haïssait l'enfant. Et sa jalousie et son orgueil ne cessaient de croître comme une mauvaise herbe, de sorte qu'elle n'avait de repos ni le jour ni la nuit. Alors elle fit venir un chasseur et lui dit : « Emmène cette enfant dans la forêt, je ne veux plus l'avoir sous les yeux. Tu la tueras et tu me rapporteras son foie et ses poumons comme preuve. »

Le chasseur obéit et l'emmena, mais quand il eut tiré son poignard et voulut percer le cœur innocent de Blancheneige, elle se mit à pleurer et dit : « Mon bon chasseur, laisse-moi la vie, je m'enfuirai dans le bois sauvage et je ne rentrerai plus jamais. » Et comme elle était si jolie, le chasseur eut pitié et dit : « Cours donc, pauvre enfant — Les bêtes sauvages auront tôt fait de te dévorer », pensa-t-il, mais à l'idée de n'avoir pas à la tuer, il se sentait soulagé d'un grand poids. Et comme un jeune marcassin venait vers lui en bondissant, il l'égorgea, prit ses poumons et son foie, et les rapporta à la reine comme preuve. Le cuisinier dut les faire cuire au sel, et la méchante femme les mangea et crut avoir mangé les poumons et le foie de Blancheneige.

Maintenant, la pauvre enfant était toute seule dans les grands bois et avait si grand-peur qu'elle regardait toutes les feuilles des arbres et ne savait à quel saint se vouer. Alors elle se mit à courir sur les cailloux et à travers les ronces, et les bêtes sauvages passaient devant elle en bondissant, mais elles ne lui faisaient pas de mal. Elle courut aussi longtemps que ses jambes purent la porter, jusqu'à la tombée du jour, alors elle vit une petite maison et y entra pour se reposer. Dans la cabane, tout était petit, mais si mignon et si propre qu'on ne saurait en donner une idée. Il y avait une petite table recouverte d'une nappe blanche avec sept petites assiettes, chacune avec sa petite cuiller, puis sept petits couteaux et fourchettes et sept petits gobelets. Sept petits lits étaient placés l'un à côté de l'autre contre le mur, et ils étaient couverts de draps blancs comme neige. Blancheneige, qui avait grand-faim et grand-soif, mangea un peu de légumes et de pain dans chaque petite assiette et but une goutte de vin dans chaque petit gobelet, car elle ne voulait pas tout prendre au même. Ensuite, elle était tellement lasse qu'elle se coucha dans un petit lit, mais aucun ne lui allait, l'un était trop long, l'autre trop court, enfin le septième fut à sa taille : elle y resta, se recommanda à Dieu et s'endormit.

Quand il fit tout à fait nuit, les maîtres du logis rentrèrent ; c'étaient les sept nains qui travaillaient dans les montagnes, creusant et piochant pour en extraire le minerai. Ils allumèrent leurs sept petites chandelles et dès qu'il fit clair dans la maison, ils virent qu'il était venu quelqu'un, car tout n'était plus dans l'ordre où ils l'avaient laissé. Le premier dit : « Qui s'est assis sur ma petite chaise ? » Le second : « Qui a mangé dans ma petite assiette ? » Le troisième : « Qui a pris de mon petit pain ? » Le quatrième : « Qui a mangé de mes petits légumes ? » Le cinquième : « Qui a piqué avec ma petite fourchette ? » Le sixième : « Qui a coupé avec mon petit couteau ? » Le septième : « Qui a bu dans mon petit gobelet ? » Puis le premier regarda autour de lui, vit un creux dans son lit et s'écria : « Qui est entré dans mon petit lit ? » Les autres accoururent et s'écrièrent : « Quelqu'un a couché dans le mien aussi ! » Mais en regardant dans son lit, le septième aperçut Blancheneige qui y était couchée et dormait. Alors il appela les autres qui se précipitèrent et poussèrent des cris de surprise, ils allèrent chercher leurs sept petites chandelles, et éclairèrent Blancheneige. « O mon Dieu, s'écrièrent-ils, mon Dieu, que cette enfant est donc belle ! » Et leur joie fut si grande qu'ils ne la réveillèrent pas, mais la laissèrent dormir dans son petit lit. Quant au septième nain, il coucha avec ses compagnons, une heure avec chacun, et la nuit se trouva passée.

Le matin venu, Blancheneige se réveilla et en voyant les sept nains, elle fut prise de peur. Mais ils se montrèrent gentils et lui demandèrent : « Comment t'appelles-tu ? — Je m'appelle Blancheneige », répondit-elle. « Comment es-tu venue chez nous ? » Alors elle leur raconta que sa marâtre avait voulu la faire tuer, mais que le chasseur lui avait laissé la vie, et qu'elle avait couru tout le jour, jusqu'au moment où elle avait enfin trouvé leur maisonnette. Les nains lui dirent : « Si tu veux t'occuper de notre ménage, faire la cuisine, les lits, la lessive, coudre et tricoter, tu peux rester chez nous, tu ne manqueras de rien. — Oui, répondit Blancheneige, j'accepte de tout mon cœur », et elle resta chez eux. Elle tint la maison en ordre. Le matin, ils partaient pour les montagnes où ils cherchaient le minerai et l'or, le soir ils rentraient et alors leur repas devait être préparé. La fillette étant seule tout le jour, les bons nains lui conseillèrent la prudence et dirent : « Prends garde à ta belle-mère, elle saura bientôt que tu es ici, surtout ne laisse entrer personne. »

Mais la reine, croyant avoir mangé le foie et les poumons de Blancheneige, ne douta pas d'être de nouveau la première et la plus belle de toutes, elle se mit devant son miroir et dit :

Petit miroir, petit miroir chéri,
Quelle est la plus belle de tout le pays ?

Alors le miroir répondit :

Madame la Reine, vous êtes la plus belle ici,
Mais Blancheneige au-delà des monts
Chez les sept nains
Est encore mille fois plus jolie.

Alors la frayeur la prit, car elle savait que le miroir ne disait pas de mensonge, elle comprit que le chasseur l'avait trompée et que Blancheneige était toujours en vie. Et alors elle se creusa de nouveau la cervelle pour trouver un moyen de la tuer, car, tant qu'elle n'était pas la plus belle de tout le pays, la jalousie ne lui laissait pas de repos. Et quand elle eut enfin imaginé un moyen, elle se farda le visage, s'habilla en vieille mercière et fut tout à fait méconnaissable. Ainsi faite, elle se rendit chez les sept nains par-delà les sept montagnes, frappa à la porte et cria : « Belle marchandise à vendre ! À vendre ! » Blancheneige regarda par la fenêtre et dit : « Bonjour, ma brave femme, qu'avez-vous à vendre ? — De la bonne marchandise, de la belle marchandise, répondit-elle, des lacets de toutes les couleurs », et elle en sortit un, qui était fait de tresses multicolores : « Je peux bien laisser entrer cette brave femme », se dit Blancheneige, elle tira le verrou et fit emplette du joli lacet. « Enfant, dit la vieille, comment es-tu fagotée ! Viens ici, que je te lace comme il faut. » Blancheneige ne se méfiait pas, elle se plaça devant elle et se fit mettre le lacet neuf. Mais la vieille la laça si vite et la serra tant que Blancheneige en perdit le souffle et tomba comme morte. « Maintenant, dit la vieille, tu as cessé d'être la plus belle », et elle s'en fut en courant.

Peu après, à l'heure du dîner, les sept nains rentrèrent chez eux, mais quelle ne fut pas leur frayeur en voyant leur chère Blancheneige couchée par terre ; et elle ne remuait et ne bougeait pas plus qu'une morte. Ils la relevèrent et, découvrant qu'elle était trop serrée, coupèrent le lacet. Alors elle se remit à respirer un peu et se ranima petit à petit. Quand les nains apprirent ce qui s'était passé, ils dirent : « La vieille mercière n'était autre que cette reine impie. Sois sur tes gardes, et ne laisse entrer personne quand nous ne sommes pas près de toi. »

Sitôt rentrée chez elle cependant, la mégère alla devant son miroir et demanda :

Petit miroir, petit miroir chéri,
Quelle est la plus belle de tout le pays ?

Alors il répondit comme l'autre fois :

Madame la Reine, vous êtes la plus belle ici,
Mais Blancheneige au-delà des monts
Chez les sept nains
Est encore mille fois plus jolie.

En entendant ces mots, elle fut si effrayée que tout son sang reflua vers son cœur, car elle voyait bien qu'une fois encore, Blancheneige avait recouvré la vie. « Mais maintenant, dit-elle, je vais inventer quelque chose qui te fera périr », et à l'aide de tours magiques qu'elle connaissait, elle fabriqua un peigne empoisonné. Puis elle se déguisa et prit la forme d'une autre vieille femme. Elle se rendit chez les sept nains par-delà les sept montagnes, frappa à la porte et cria : « Bonne marchandise à vendre ! A vendre ! » Blancheneige regarda dehors et dit : « Passez votre chemin, je ne peux laisser entrer personne. — Tu as bien le droit de regarder », dit la vieille, elle sortit le peigne empoisonné et le tint en l'air. Il plut tellement à l'enfant qu'elle se laissa tenter et ouvrit la porte. Lorsqu'elles furent d'accord sur l'achat, la vieille lui dit : « A présent, je vais te coiffer comme il faut. » La pauvre Blancheneige, qui ne se méfiait de rien, laissa faire la vieille, mais à peine celle-ci lui eut-elle mis le peigne dans les cheveux que le poison fit son effet et que la jeune fille tomba sans connaissance. « O prodige de beauté, dit la méchante femme, maintenant c'en est fait de toi », et elle partit. Par bonheur, c'était bientôt l'heure où les sept nains rentraient chez eux. Quand ils virent Blancheneige couchée par terre, comme morte, ils soupçonnèrent aussitôt la marâtre, cherchèrent et trouvèrent le peigne empoisonné, et à peine l'avaient-ils retiré que Blancheneige revenait à elle et leur racontait ce qui était arrivé. Alors ils lui conseillèrent une fois de plus d'être sur ses gardes et de n'ouvrir la porte à personne.

Une fois chez elle, la reine se mit devant son miroir et dit :

Petit miroir, petit miroir chéri,
Quelle est la plus belle de tout le pays ?

Alors il répondit comme avant :

Madame la Reine, vous êtes la plus belle ici,
Mais Blancheneige au-delà des monts

Chez les sept nains
Est encore mille fois plus jolie.

En entendant le miroir parler ainsi, elle tressaillit et trembla de colère : « Blancheneige doit mourir, dit-elle, quand il m'en coûterait ma propre vie. » Là-dessus, elle alla dans une chambre secrète et solitaire où personne n'entrait jamais, et elle fabriqua une pomme empoisonnée. Extérieurement elle avait belle apparence, blanche avec des joues rouges, si bien qu'elle faisait envie à quiconque la voyait, mais quiconque en mangeait une bouchée était voué à la mort. Quand la pomme fut fabriquée, elle se farda le visage et se déguisa en paysanne, et ainsi faite, elle se rendit chez les sept nains par-delà les sept montagnes. Elle frappa à la porte, Blancheneige passa la tête par la fenêtre et dit : « Je ne dois laisser entrer personne, les sept nains me l'ont défendu. — Tant pis, dit la paysanne, je n'aurai pas de peine à me débarrasser de mes pommes. Tiens, je vais t'en donner une. — Non, dit Blancheneige, je ne dois rien accepter. — Aurais-tu peur du poison ? dit la vieille, regarde, je coupe la pomme en deux, toi, tu mangeras la joue rouge et moi, la joue blanche. » Mais la pomme était faite si habilement que seul le côté rouge était empoisonné. La belle pomme faisait envie à Blancheneige et quand elle vit la paysanne en manger, elle ne put résister plus longtemps, tendit la main et prit la moitié empoisonnée. Mais à peine en avait-elle pris une bouchée qu'elle tombait morte. Alors la reine la contempla avec des regards affreux, rit à gorge déployée et dit : « Blanche comme neige, rouge comme sang, noire comme ébène ! Cette fois les nains ne pourront pas te réveiller. » Et comme, une fois chez elle, elle interrogeait son miroir :

Petit miroir, petit miroir chéri,
Quelle est la plus belle de tout le pays ?

Il répondit enfin :

Madame la Reine, vous êtes la plus belle du pays.

Alors son cœur jaloux fut en repos, autant qu'un cœur jaloux puisse trouver le repos.

Mais en rentrant chez eux le soir, les nains trouvèrent Blancheneige couchée par terre, et pas un souffle ne sortait plus de sa bouche, elle était morte. Ils la relevèrent, cherchèrent s'ils ne trouvaient pas quelque chose d'empoisonné, la délacèrent, lui peignèrent les cheveux, la lavèrent avec de l'eau et du vin, mais tout cela fut inutile : la chère enfant était morte et le resta. Ils la mirent sur une civière, s'assirent tous les sept auprès d'elle, la pleurèrent, et pleurèrent trois jours durant. Puis ils voulurent l'enterrer, mais elle était encore aussi fraîche qu'une personne vivante, et elle avait toujours ses belles joues rouges. Ils dirent : « Nous ne pouvons pas mettre cela dans la terre noire », et ils firent un cercueil de verre transparent, afin qu'on pût la voir de tous les côtés, puis ils l'y couchèrent et écrivirent dessus son nom en lettres d'or, et qu'elle était fille de roi. Puis ils portèrent le cercueil sur la montagne et l'un d'entre eux resta toujours auprès pour le garder. Et les animaux vinrent aussi pleurer Blancheneige, d'abord une chouette, puis un corbeau, enfin une petite colombe.

Et Blancheneige demeura longtemps, longtemps dans le cercueil, et elle ne se décomposait pas, elle avait l'air de dormir, car elle restait toujours Blanche comme neige, rouge comme sang et noir de cheveux comme bois d'ébène. Or il advint qu'un fils de roi se trouva par hasard dans la forêt et alla à la maison des nains pour y passer la nuit. Sur la montagne, il vit le cercueil et la jolie Blancheneige couchée dedans, et il lut ce qui était écrit dessus en lettres d'or. Alors il dit aux nains : « Laissez-moi ce cercueil, je vous donnerai tout ce que vous voudrez en échange. » Mais les nains répondirent : « Nous ne vous le céderons pas pour tout l'or du monde. » Alors il leur dit : « En ce cas, faites-m'en cadeau, car je ne puis pas vivre sans voir Blancheneige, je le vénérerai et le tiendrai en estime comme mon bien le plus cher. » En l'entendant parler ainsi, les bons nains eurent pitié de lui et lui donnèrent le cercueil. Le prince ordonna à ses serviteurs de l'emporter sur leurs épaules. Il advint alors qu'ils trébuchèrent contre un buisson et que, par suite de la secousse, le trognon de pomme empoisonné dans lequel Blancheneige avait mordu lui sortit du gosier. Et bientôt elle ouvrit les yeux, souleva le couvercle de son cercueil et se dressa, ressuscitée. « Ah Dieu, où suis-je ? » s'écria-t-elle. Plein de joie, le prince lui dit : « Tu es auprès de moi », il lui raconta ce qui s'était passé et dit : « Je t'aime plus que tout au monde ; viens avec moi au château de mon père, tu seras ma femme. » Alors Blancheneige l'aima et le suivit, et leur noce fut préparée en grande pompe et magnificence.

Mais on invita aussi à la fête la méchante marâtre de Blancheneige. Quand elle eut revêtu de beaux habits, elle alla devant son miroir et dit :

Petit miroir, petit miroir chéri,
Quelle est la plus belle de tout le pays ?

Le miroir répondit :

Madame la Reine, vous êtes la plus belle ici,
Mais la jeune reine est mille fois plus jolie.

Alors la méchante femme poussa un juron et elle fut effrayée, tellement effrayée qu'elle ne sut que faire. D'abord, elle ne voulut pas du tout aller à la noce. Mais la curiosité ne lui laissa pas de répit, il lui fallut partir et aller voir la jeune reine. Et en entrant, elle reconnut Blancheneige, et d'angoisse et d'effroi, elle resta clouée sur place et ne put bouger. Mais déjà on avait fait rougir des mules de fer sur des charbons ardents, on les apporta avec des tenailles et on les posa devant elle. Alors il lui fallut mettre ces souliers chauffés à blanc et danser jusqu'à ce que mort s'ensuive.

L'oiseau d'or

Une fois, il y a bien longtemps, il était un roi qui avait un joli jardin d'agrément derrière son château, et là il y avait un arbre qui portait des pommes d'or. Quand les pommes furent mûres, on les compta, mais dès le lendemain, il en manqua une. On rapporta la chose au roi, qui ordonna qu'on eût chaque nuit à monter la garde sous l'arbre. Le roi avait trois fils, à la nuit tombante il envoya le premier au jardin, mais sur le coup de minuit, il ne put pas s'empêcher de dormir, et le lendemain matin, il manquait de nouveau une pomme. La nuit suivante, ce fut le deuxième fils qui dut prendre la garde, mais il lui arriva la même chose : quand minuit eut sonné, il s'endormit et le matin il manquait une pomme. Vint alors le tour du troisième fils, qui était prêt aussi à monter la garde, mais le roi n'avait guère confiance en lui et pensait qu'il se montrerait moins capable encore que ses frères ; pourtant, il finit par le lui permettre. Le jeune homme s'étendit donc sous l'arbre, resta éveillé et sut résister au sommeil. Quand minuit sonna, un frémissement parcourut l'air et il vit au clair de lune un oiseau qui venait vers lui à tire-d'aile et dont le plumage brillait comme de l'or. L'oiseau se percha sur l'arbre et il venait juste de becqueter une pomme quand le jeune homme lui décocha une flèche. L'oiseau s'enfuit, mais la flèche l'avait atteint et l'une de ses plumes d'or tomba. Le jeune homme la ramassa, le lendemain il la porta à son père et lui raconta ce qu'il avait vu pendant la nuit. Le roi réunit son conseil et tout le monde déclara qu'une plume pareille avait plus de valeur que le royaume tout entier. « Si cette plume est si précieuse, déclara le roi, il ne me sert de rien d'en avoir une, il me faut et j'aurai l'oiseau entier. »

Le fils aîné se mit en route, se fiant à son intelligence il se croyait sûr de trouver l'oiseau d'or. Après avoir fait un bout de chemin, il vit un renard assis à l'orée d'un bois, il épaula son fusil et le visa. Le renard s'écria : « Ne tire pas, en échange je te donnerai un bon conseil. Tu es parti à la recherche de l'oiseau d'or et ce soir tu arriveras dans un village où il y a deux auberges qui se font face. L'une est toute brillante de lumières, et on y mène joyeuse vie : mais n'y entre pas, va dans l'autre, même si tu lui trouves mauvaise apparence. » « Comment ce sot animal pourrait-il me donner un conseil raisonnable ! » pensa le prince, et il appuya sur la détente, mais il manqua le renard, qui étira sa queue et s'en fut vivement dans le bois. Après quoi il poursuivit son chemin et arriva le soir dans le village où il y avait les deux auberges : dans l'une on chantait et on dansait, l'autre avait une apparence misérable et triste. « Je serais bien fou, pensa-t-il, d'aller dans cette auberge sordide et de tourner le dos à la belle. » Il alla donc dans la maison de joie, y mena une vie dissolue et oublia l'oiseau, son père et tous les bons principes.

Au bout d'un certain temps, comme le fils aîné ne rentrait toujours pas à la maison, le deuxième se mit en route pour chercher l'oiseau d'or. Comme l'aîné, il rencontra le renard qui lui donna le bon conseil auquel il ne fit pas attention. Il arriva aux deux auberges ; à la fenêtre de celle d'où sortaient des cris de joie, il vit son frère qui l'appelait. Il ne put pas résister, entra et ne vécut plus que pour son plaisir.

Il s'écoula de nouveau un certain temps, puis le plus jeune prince voulut partir à son tour pour tenter sa chance, mais son père n'y consentit pas. « Ce n'est pas la peine, se dit-il, il a encore moins de chances que ses frères de trouver l'oiseau d'or, et s'il lui arrive quelque malheur, il ne saura pas se tirer d'affaire ; c'est le don qui lui manque le plus. » Mais comme il n'avait plus de répit, il finit cependant par le laisser partir. Le renard était encore à l'orée du bois, il demanda grâce et donna le bon conseil. Le jeune homme fut compatissant et dit : « Sois tranquille, petit renard, je ne te ferai pas de mal. — Tu ne le regretteras pas, dit le renard, et pour arriver plus vite, monte donc derrière, sur ma queue. » Et à peine se fut-il assis que le renard se mit à courir à toutes jambes, si vite que les cheveux en sifflaient au vent. Quand ils furent au village, le jeune homme descendit, suivit le bon conseil, et entra sans se retourner dans la modeste auberge, où il passa tranquillement la nuit. Le lendemain, quand il arriva dans le champ, le renard était déjà là et lui dit : « Je veux te dire encore ce qui te reste à faire. Va toujours tout droit, tu verras enfin un château devant lequel toute une bande de soldats sont couchés, mais ne t'en occupe pas, ils seront tous en train de dormir et de ronfler : passe au milieu, entre sans détour dans le château et traverse toutes les chambres ; pour finir, tu arriveras à un cabinet où un oiseau d'or se trouve dans une cage de bois. A côté il y a une cage d'or vide pour la parade, mais garde-toi de sortir l'oiseau de sa vilaine cage pour le mettre dans la belle, autrement il pourrait t'en cuire. » Ayant dit ces mots, le renard tendit de nouveau sa queue et le prince monta dessus : ils partirent à toutes jambes, si vite que les cheveux en sifflaient au vent. Une fois arrivé au château, il trouva tout comme le renard l'avait dit. Le prince entra dans le cabinet où l'oiseau d'or était perché dans une cage de bois et une cage d'or était accrochée à côté : quant aux trois pommes d'or, elles étaient dispersées dans la pièce. Alors il pensa qu'il était ridicule de laisser le bel oiseau dans cette cage grossière et laide ; il ouvrit la porte, le saisit et le mit dans la cage d'or. Mais à l'instant même l'oiseau poussa un cri perçant. Les soldats se réveillèrent, firent irruption dans la pièce et le conduisirent en prison. Le lendemain, il fut traduit devant un tribunal et, comme il avoua tout, il fut condamné à mort. Pourtant, le roi déclara qu'il lui laisserait la vie à une condition, à savoir s'il lui apportait le cheval d'or qui court encore plus vite que le vent, et qu'il lui donnerait par-dessus le marché l'oiseau d'or comme récompense.

Le prince se mit en route, mais il soupirait et était tout triste, car où trouverait-il le cheval d'or ? Tout à coup, il vit son vieil ami le renard assis sur le bord du chemin. « Tu vois, dit le renard, cela vient de ce que tu ne m'as pas obéi. Pourtant aie confiance, je vais m'occuper de toi et te dire comment tu obtiendras le cheval d'or. Il faut que tu ailles tout droit, tu arriveras à un château où le cheval est à l'écurie. Devant l'écurie il y aura les palefreniers, mais ils seront en train de dormir et de ronfler et tu pourras tranquillement faire sortir le cheval d'or. Toutefois prends garde à une chose : mets-lui la mauvaise selle de bois et de cuir, et surtout pas la selle d'or qui est accrochée à côté, autrement il pourrait t'en cuire. » Puis le renard tendit sa queue, le prince monta dessus, et ils partirent à toutes jambes, si vite que les cheveux en sifflaient au vent. Tout se passa exactement comme le renard avait dit ; il arriva à l'écurie où se trouvait le cheval d'or : mais au moment de lui mettre la mauvaise selle, il pensa : un si bel animal sera déshonoré si je ne lui mets pas la riche selle qui est digne de lui. Mais à peine la selle d'or eut-elle touché le cheval qu'il se mit à hennir bruyamment. Les palefreniers se réveillèrent, s'emparèrent du jeune homme et le jetèrent en prison. Le lendemain, il fut condamné à mort par le tribunal, mais le roi promit de lui laisser la vie et par-dessus le marché le cheval d'or, s'il réussissait à lui amener la belle princesse du château d'or.

Le cœur lourd, le jeune homme se mit en route, mais par bonheur il ne tarda pas à trouver le renard fidèle : « Je devrais te laisser à ton malheur, dit le renard, mais j'ai pitié de toi et je vais encore une fois te tirer d'affaire. Ton chemin te mène tout droit au château d'or : tu y arriveras le soir, et la nuit, quand tout sera silencieux, la belle princesse ira se baigner à la maison de bains. Et quand elle entrera, tu te précipiteras sur elle et tu lui donneras un baiser, alors elle te suivra et tu pourras l'emmener : seulement n'accepte pas qu'elle dise auparavant adieu à ses parents, autrement il pourrait t'en cuire. » Puis le renard tendit sa queue, le jeune homme monta dessus, et ils partirent à toutes jambes, si vite que les cheveux en sifflaient au vent. Arrivé au château d'or, tout se trouva comme le renard avait dit. Il attendit jusqu'à minuit ; quand tout fut plongé dans un profond sommeil et que la belle demoiselle se rendit à la maison de bains, il bondit vers elle et lui donna un baiser. Elle lui dit qu'elle irait volontiers avec lui, mais elle le supplia en pleurant de lui permettre de dire auparavant adieu à ses parents. D'abord, il résista à ses prières ; mais comme elle pleurait de plus en plus fort et tombait à ses pieds, il céda finalement. Mais à peine la jeune fille eut-elle touché le lit de son père qu'il se réveilla et avec lui tous ceux qui étaient dans le château, et le jeune homme fut arrêté et jeté en prison.

Le lendemain le roi lui dit : « Tu mérites la mort et tu n'obtiendras ta grâce que si tu déplaces la montagne qui est devant mes fenêtres et me bouche la vue, et cela doit être fait en huit jours. Si tu y parviens, tu auras ma fille en récompense. » Le prince se mit à creuser et à enlever la terre à la pelle sans relâche ; au bout de sept jours, quand il vit combien il avait peu avancé et que tout son travail se réduisait pour ainsi dire à rien, il fut pris d'une grande tristesse et perdit tout espoir. Mais le soir du septième jour, le renard apparut et dit : « Tu ne mérites pas que je m'occupe de toi, mais va seulement te coucher et dors, je ferai le travail à ta place. » Le lendemain, quand il se réveilla et regarda par la fenêtre, la montagne avait disparu. Plein de joie, le jeune homme courut chez le roi et lui annonça qu'il avait rempli la condition et que, bon gré mal gré, le roi devait tenir parole et lui donner sa fille.

Alors ils partirent tous les deux et le fidèle renard ne tarda pas à les rejoindre. « Il est vrai que tu as la meilleure part, dit-il, mais le cheval d'or et la princesse du château d'or vont ensemble. — Comment puis-je obtenir ce cheval ? » demanda le prince. « Je vais te le dire, répondit le renard, conduis d'abord la belle demoiselle chez le roi qui t'a envoyé au château d'or. Il y aura grande liesse, ils te donneront volontiers le cheval d'or et l'amèneront devant toi. Monte dessus sans tarder et pour leur dire adieu, tends-leur la main à tous, à la belle demoiselle en dernier, et quand tu l'auras saisie, tire-la d'un coup à toi et prends la fuite : et personne ne pourra te rattraper, car le cheval court plus vite que le vent. »

Tout cela s'accomplit heureusement, et le prince emmena la belle demoiselle sur le cheval d'or. Le renard ne s'arrêta pas en chemin et dit au jeune homme : « Maintenant je vais aussi t'aider à obtenir l'oiseau d'or. Quand tu approcheras du château où se trouve l'oiseau, fais descendre la demoiselle, je la prendrai sous ma garde. Puis entre dans la cour du château monté sur le cheval d'or : à ta vue il y aura grande liesse et ils t'apporteront l'oiseau d'or. Quand tu auras la cage en main, reviens vers nous en toute hâte et ramène la demoiselle. » Quand le projet eut réussi et que le prince voulut rentrer chez lui avec ses trésors, le renard lui dit : « A présent, récompense-moi de mon aide. — Que veux-tu ? demanda le prince. — Que tu me tues et me coupes la tête et les pattes quand nous serons dans la forêt que tu vois là-bas. — Ce serait une jolie façon de te remercier, dit le prince, je ne peux vraiment pas te l'accorder. — Si tu ne veux pas le faire, dit le renard, il faudra que je te quitte ; mais avant de m'en aller, je vais encore te donner un bon conseil. Garde-toi de deux choses : n'achète pas de gibier de potence et ne t'assieds pas sur la margelle d'un puits. » Là-dessus, il s'en fut dans la forêt.

Le jeune homme pensa : « C'est un bizarre animal, qui a d'étranges lubies ! Qui irait acheter du gibier de potence, et quant à m'asseoir sur la margelle d'un puits, je n'en ai encore jamais eu envie. » Il continua de chevaucher avec la belle demoiselle et son chemin l'amena de nouveau à traverser le village où ses deux frères étaient restés. Il y avait là grand attroupement et grand tapage et quand il demanda ce qui se passait, on lui dit que deux hommes allaient être pendus. En s'approchant, il vit que c'étaient ses frères, qui avaient fait toutes sortes de tours pendables et avaient dissipé leurs biens. Il demanda si l'on ne pouvait pas leur rendre la liberté. « Si vous voulez payer pour eux, dirent les gens, mais pourquoi iriez-vous donner votre argent pour racheter ces vauriens ? » Lui cependant ne réfléchit pas, paya pour eux et quand ils furent libérés, ils continuèrent leur voyage ensemble.

Ils arrivèrent dans la forêt où ils avaient rencontré le renard pour la première fois, et comme il y faisait frais et agréable et que le soleil tapait dur, les frères dirent : « Reposons-nous un peu pour boire et manger au bord de cette fontaine. » Il y consentit, et tout en parlant, il s'oublia et s'assit sur la margelle sans s'attendre à mal. Mais les deux frères le poussèrent et il tomba à la renverse dans le puits ; alors ils prirent la demoiselle, le cheval et l'oiseau et rentrèrent chez leur père : « Nous ne rapportons pas seulement l'oiseau d'or, dirent-ils, nous avons pris aussi comme butin au château d'or le cheval d'or et la demoiselle. » Alors il y eut grande liesse, mais le cheval ne mangeait pas, l'oiseau ne chantait pas et la demoiselle restait là à pleurer.

Cependant le plus jeune frère n'avait pas péri. Par bonheur, le puits était à sec et il tomba sans se faire mal sur la mousse molle, mais il ne put pas ressortir. Une fois de plus, le renard ne le laissa pas dans l'embarras, il le rejoignit en bas d'un bond et le gronda d'avoir oublié son conseil. « Mais je ne peux pas m'en empêcher, dit-il, je vais t'aider à remonter à la lumière du jour. » Il lui dit de saisir sa queue et de s'y cramponner solidement, puis il le tira jusqu'en haut. « Tu n'es pas encore hors de danger, dit le renard, tes frères n'étaient pas sûrs de ta mort, ils ont posté dans la forêt des gardes qui te tueront si tu te fais voir. » Comme il y avait un pauvre homme sur le bord de la route, le jeune homme échangea ses vêtements avec lui et il arriva dans cet appareil à la cour du roi. Personne ne le reconnut, mais l'oiseau se mit à chanter, le cheval à manger, et la demoiselle cessa de verser des larmes. Surpris, le roi demanda : « Qu'est-ce que cela signifie ? » Alors la demoiselle répondit : « Je ne le sais pas, mais j'étais si triste, et me voici maintenant tout heureuse. C'est comme si mon vrai fiancé était arrivé. » Elle lui raconta tout ce qui s'était passé, bien que les autres frères l'eussent menacée de mort si elle révélait quelque chose. Le roi ordonna qu'on fît paraître devant lui tous les gens qui se trouvaient dans son château ; alors le jeune homme vint aussi en vieil homme vêtu de haillons, mais la demoiselle le reconnut aussitôt et lui sauta au cou. On se saisit des méchants frères et ils furent exécutés, quant à lui il épousa la belle demoiselle et le roi le fit son héritier.

Mais qu'est-il advenu du pauvre renard ? Longtemps après le prince retourna dans la forêt, il rencontra le renard qui lui dit : « Tu as à présent tout ce que tu peux désirer, mais moi, mon malheur ne veut pas prendre fin et pourtant il est en ton pouvoir de me délivrer », et de nouveau il lui demanda instamment de le tuer et de lui couper tête et pattes. Il le fit donc, et c'était à peine accompli que le renard se changeait en homme, et ce n'était personne d'autre que le frère de la belle princesse, enfin délivré de l'enchantement qu'il avait subi. Et désormais rien ne manqua plus à leur bonheur tant que dura leur vie.

Les deux frères

Il était une fois deux frères, un riche et un pauvre. Le riche était orfèvre et méchant de cœur, le pauvre gagnait son pain en faisant des balais, et il était bon et honnête. Le pauvre avait deux enfants, deux frères jumeaux qui se ressemblaient comme une goutte d'eau ressemble à l'autre. Les deux garçons allaient de temps en temps dans la maison du riche et, parfois, on leur donnait quelques restes à manger. Il advint que le pauvre homme, en allant chercher du petit bois dans la forêt, vit un oiseau qui était tout doré, et si beau que jamais encore ses yeux n'en avaient vu de pareil. Alors il ramassa un caillou, le lui jeta et toucha juste : mais il ne tomba qu'une plume d'or et l'oiseau s'envola. L'homme prit la plume et la porta à son frère, celui-ci la regarda et dit : « C'est de l'or pur », et il lui donna beaucoup d'argent en échange. Le lendemain, l'homme grimpa sur un bouleau pour couper quelques branches ; et voici que le même oiseau sortit de l'arbre, et comme l'homme allait à sa recherche, il trouva un nid, et dedans il y avait un œuf d'or. Il emporta l'œuf chez lui et l'offrit à son frère, qui dit de nouveau : « C'est de l'or pur », et lui paya le prix que cela valait. Puis il lui dit : « J'aimerais bien avoir l'oiseau lui-même. » Le pauvre homme se rendit pour la troisième fois dans la forêt et vit encore l'oiseau d'or perché sur l'arbre : alors il prit une pierre et le fit tomber d'un coup et le porta à son frère, qui lui donna un gros tas d'or en échange. « Maintenant je puis me tirer d'affaire », pensa-t-il en rentrant tout content à la maison.

L'orfèvre était malin et rusé et il savait fort bien quel genre d'oiseau c'était là. Il appela sa femme et lui dit : « Fais-moi rôtir l'oiseau d'or et veille que rien ne se perde : j'ai envie de le manger tout seul. » Or l'oiseau n'était pas un oiseau ordinaire, il était d'une espèce si merveilleuse que quiconque mangeait de son cœur et de son foie trouvait chaque matin une pièce d'or sous son oreiller. La femme prépara l'oiseau, le mit sur une broche et le fit rôtir. Mais pendant qu'il cuisait, la femme ayant dû quitter la cuisine pour s'occuper d'autre chose, il advint que les enfants du pauvre faiseur de balais entrèrent en courant, se postèrent devant la broche et la tournèrent deux ou trois fois. Et comme justement deux petits morceaux de l'oiseau tombaient dans la poêle, l'un dit : « Mangeons ces quelques bouchées, j'ai tellement faim, et puis personne ne s'en apercevra. » Alors ils mangèrent tous les morceaux jusqu'au dernier ; sur ces entrefaites, la femme revint, vit qu'ils mangeaient quelque chose et dit : « Qu'avez-vous mangé ? — Quelques petits bouts d'oiseau qui étaient tombés », répondirent-ils. « C'était le cœur et le foie », dit la femme tout effrayée, et afin que son mari ne se fâchât pas en voyant qu'il manquait quelque chose, elle tua un jeune coq, lui enleva le cœur et le foie et les mit à côté de l'oiseau d'or. Quand il fut cuit, elle le porta à son mari, qui le mangea tout seul et ne laissa rien. Mais le lendemain, quand il mit la main sous son oreiller, pensant en tirer une pièce d'or, il n'en trouva pas plus que d'habitude.

Or les deux enfants ignoraient la chance qu'ils avaient eue. Quand ils se levèrent le lendemain, quelque chose tomba par terre en sonnant, et quand ils le ramassèrent, voici que c'étaient deux pièces d'or. Ils les portèrent à leur père, qui fut très étonné et dit : « Comment cela a-t-il bien pu arriver ? » Mais comme le lendemain ils trouvèrent deux autres pièces et qu'il en fut ainsi chaque jour, il alla chez son frère et lui rapporta l'étrange affaire. L'orfèvre comprit aussitôt ce qui s'était passé et que les enfants avaient mangé le foie et le cœur de l'oiseau d'or, et pour se venger, et parce qu'il était envieux et dur de cœur, il dit au père : « Tes enfants ont partie liée avec le Malin, ne prends pas cet or et ne tolère pas qu'ils restent plus longtemps dans ta maison, il a pouvoir sur eux et pourrait te mener toi aussi à ta perte. » Le père craignait le Malin, et quelque chagrin qu'il en eût, il conduisit les jumeaux dans la forêt et les abandonna, le cœur plein de tristesse.

Alors les deux enfants errèrent de tous côtés dans la forêt en cherchant le chemin de la maison, mais ils ne la trouvèrent pas et ne firent que s'égarer davantage. Enfin ils rencontrèrent un chasseur, qui leur demanda : « A qui êtes-vous, enfants ? Nous sommes les garçons du pauvre faiseur de balais », répondirent-ils, et ils racontèrent que leur père n'avait pas voulu les garder plus longtemps chez lui parce que tous les matins, il y avait une pièce d'or sous leur oreiller. « Ma foi, dit le chasseur, il n'y a pas grand mal à ça, pourvu que vous restiez honnêtes et ne deveniez pas des fainéants. » Comme les enfants lui plaisaient et qu'il n'en avait pas lui-même, le brave homme les emmena chez lui et leur dit : « Je serai votre père et je vous élèverai. » Ils apprirent chez lui le métier de chasseur, et il mit de côté la pièce d'or que chacun d'eux trouvait en se levant, en cas de besoin pour l'avenir.

Quand ils furent grands, leur père adoptif les emmena un jour dans la forêt et leur dit : « Vous ferez aujourd'hui votre coup d'essai, afin que je puisse vous émanciper et vous déclarer chasseurs. » Ils se mirent à l'affût avec lui et attendirent longtemps, mais il ne venait pas de gibier. Le chasseur regarda en l'air et vit une compagnie d'oies blanches qui volaient en formant un triangle ; alors il dit à l'un des garçons : « Abats-en une à chaque coin. » Il le fit et réussit ainsi son tir d'essai. Peu après, une autre compagnie s'en vint à tire-d'aile et elle avait la forme du chiffre deux ; alors le chasseur dit à l'autre d'en tirer une aussi à chaque coin, et il réussit également son essai. Alors leur père adoptif leur dit : « Je vous émancipe, vous êtes des chasseurs accomplis. » Là-dessus les deux frères se rendirent ensemble dans la forêt, tinrent conseil et conclurent un accord. Et le soir, quand ils se furent assis pour le dîner, ils dirent à leur père adoptif : « Nous ne toucherons pas les plats et nous ne prendrons pas une bouchée que vous ne nous ayez exaucé une prière. » Il dit : « Quelle est donc votre prière ? » Ils répondirent : « Maintenant que nous avons fini notre apprentissage, il faut aussi que nous tentions notre chance dans le monde ; ainsi, permettez-nous de faire notre tour de compagnons. » Alors le vieux dit avec joie : « Vous parlez en valeureux chasseurs ; ce que vous souhaitez était mon propre désir ; partez, vous vous en trouverez bien. » Après quoi ils burent et mangèrent joyeusement ensemble.

Quand vint le jour fixé, leur père adoptif leur donna à chacun un bon fusil et un chien et les autorisa à prélever sur leurs économies autant de pièces d'or qu'ils en voulaient. Puis il leur fit un bout de conduite et, en les quittant, il leur donna encore un couteau brillant et leur dit : « Si vous devez un jour vous séparer, plantez ce couteau dans un arbre à la croisée des chemins ; ainsi, si l'un de vous revient, il pourra voir ce qu'il est advenu de son frère absent, car le côté vers lequel il s'en est allé rouillera s'il meurt, mais restera brillant tant qu'il sera en vie. » Les deux frères continuèrent leur chemin et arrivèrent dans une forêt si grande qu'en une journée il leur fut impossible d'en sortir. Ils y passèrent donc la nuit et mangèrent ce qu'ils avaient emporté dans leur gibecière ; mais ils marchèrent encore le deuxième jour sans parvenir à sortir. Comme ils n'avaient plus rien à manger, l'un d'eux dit : « Il nous faut tirer du gibier, sans quoi nous aurons faim », il chargea son fusil et regarda autour de lui. Et ayant vu un vieux lièvre s'en venir en courant, il le mit en joue, mais le lièvre s'écria :

Gentil chasseur, laisse-moi la vie
Et je te donnerai deux petits.

Il disparut d'un bond dans le fourré et amena deux petits ; les petits animaux jouaient si gaiement et étaient si gentils que les chasseurs n'eurent pas le cœur de les tuer. Ils les gardèrent avec eux et les petits lièvres leur emboîtèrent le pas. Peu après un renard passa devant eux à vive allure, ils voulurent l'abattre, mais le renard s'écria :

Gentil chasseur, laisse-moi la vie
Et je te donnerai deux petits.

Il amena aussi deux renardeaux, et les chasseurs n'osèrent pas non plus les tuer ; ils les mirent avec les levrauts pour leur tenir compagnie, et tous leur emboîtèrent le pas. Peu après, un loup sortit du fourré, les chasseurs le mirent en joue, mais le loup s'écria :

Gentil chasseur, laisse-moi la vie
Et je te donnerai deux petits.

Les chasseurs mirent les deux jeunes loups avec les autres animaux, et ils leur emboîtèrent le pas. Là-dessus vint un ours, qui aurait bien aimé trotter encore longtemps et qui dit :

Gentil chasseur, laisse-moi la vie
Et je te donnerai deux petits.

Les deux oursons furent mis en compagnie des autres, et ils étaient déjà huit. Et qui vint enfin ? Un lion qui secouait sa crinière. Mais les chasseurs ne reculèrent pas et le visèrent ; cependant le lion dit aussi :

Gentil chasseur, laisse-moi la vie
Et je te donnerai deux petits.

Il alla chercher ses petits, en sorte que maintenant les chasseurs avaient deux lions, deux ours, deux loups, deux renards et deux lièvres, qui les escortaient et les servaient. Cependant leur faim n'en était pas pour autant apaisée ; alors ils dirent aux renards : « Vous autres rôdeurs, procurez-vous quelque chose à manger, car vous êtes rusés et malins. » Ils répondirent : « Non loin d'ici il y a un village qui nous a fourni déjà plus d'une poule ; nous allons vous montrer le chemin. » Alors ils allèrent au village, achetèrent à manger, firent donner aussi la pâtée à leurs bêtes et continuèrent leur chemin. Or les renards connaissaient fort bien la région, à cause des fermes où il y avait des poules, et ils purent renseigner les chasseurs en tous lieux.

Ils allèrent un bout de temps à l'aventure, mais ne purent pas trouver d'emploi qui leur eût permis de rester ensemble ; alors ils se dirent : « Rien à faire, il faut nous séparer. » Ils se partagèrent les animaux, en sorte que chacun eut un lion, un ours, un loup, un renard et un lièvre ; puis ils se dirent adieu, se jurèrent d'être fidèles jusqu'à la mort à leur amour fraternel et plantèrent dans un arbre le couteau que leur père adoptif leur avait donné ; après quoi l'un partit vers l'est, l'autre vers l'ouest.

Or, le cadet arriva avec ses animaux dans une ville qui était entièrement tendue de crêpe noir. Il alla dans une auberge et demanda au patron s'il consentait à héberger ses bêtes. L'aubergiste leur donna une écurie où il y avait un trou dans le mur ; le lièvre passa par là et alla se chercher une tête de chou, et le renard alla se chercher une poule et après l'avoir mangée, il prit aussi le coq ; mais le lion, l'ours et le loup étaient trop gros pour pouvoir sortir. Alors l'aubergiste les fit conduire à un endroit où il y avait justement une vache couchée dans l'herbe, afin qu'ils pussent se rassasier. Et seulement après avoir pris soin de ses bêtes, le chasseur demanda à l'aubergiste pourquoi la ville était ainsi tendue de crêpe noir. Celui-ci répondit : « Parce que demain, la fille unique de notre roi va mourir. » Le chasseur demanda : « Est-elle moribonde ? — Que non, répondit l'aubergiste, elle est fraîche et dispose, mais elle devra tout de même mourir. — Comment cela ? demanda le chasseur. — Aux portes de la ville il y a une haute montagne où habite un dragon ; tous les ans il faut lui donner une vierge, faute de quoi il dévaste tout le pays. Or on lui a déjà livré toutes les vierges, et il ne reste plus personne que la fille du roi ; mais il n'y a pas de grâce possible et elle doit lui être livrée ; et cela se fera demain. » Le chasseur dit : « Pourquoi ne tue-t-on pas le dragon ? — Ah, répondit l'aubergiste, tant de chevaliers ont essayé, mais ils l'ont tous payé de leur vie ; le roi a promis sa fille en mariage à celui qui vaincra le dragon, et après sa mort il héritera aussi du royaume. »

Le chasseur n'ajouta pas un mot, mais le lendemain il prit ses bêtes et monta avec elles sur la montagne du dragon. Au sommet il y avait une petite chapelle, et sur l'autel étaient posées trois coupes pleines portant l'inscription : « Celui qui videra les coupes deviendra l'homme le plus fort du monde et maniera l'épée qui est enterrée devant le seuil. » Le chasseur ne but pas tout de suite, il sortit et chercha l'épée dans la terre, mais ne parvint pas à la déplacer. Alors il rentra et vida les coupes, et ensuite il fut assez fort pour prendre l'épée et la manier aisément. Quand vint le moment ou la jeune fille devait être livrée au dragon, le roi, le maréchal et les courtisans l'accompagnèrent hors de la ville. Elle vit le chasseur de loin sur le sommet de la montagne, et croyant que c'était le dragon qui l'attendait, elle refusa de monter, mais comme autrement toute la ville aurait été perdue, il lui fallut enfin gravir son calvaire. Le roi et les courtisans rentrèrent au château grandement affligés, mais le maréchal du roi resta en arrière pour assister à tout de loin.

Quand la princesse arriva au sommet de la montagne, elle n'y trouva pas le dragon, mais le jeune chasseur qui la réconforta en lui disant qu'il voulait la sauver ; il la fit entrer dans la chapelle et l'y enferma. Très peu de temps après, le dragon à sept têtes s'en vint au milieu d'un grand tumulte. A la vue du chasseur, il s'étonna et dit : « Que viens-tu faire sur cette montagne ? » Le chasseur répondit : « Je veux me battre avec toi. » Le dragon dit : « Plus d'un chevalier y a laissé sa vie, je viendrai bien à bout de toi aussi » et il se mit à souffler le feu par ses sept gueules. Le feu devait faire flamber l'herbe sèche, et le chasseur serait mort étouffé dans la fumée du brasier, mais ses animaux accoururent et piétinèrent le feu. Alors le dragon se jeta sur le chasseur, mais celui-ci brandit son épée si vite qu'elle siffla en l'air, et lui trancha trois têtes. Plus furieux que jamais, le dragon se dressa, cracha ses flammes sur le chasseur et voulut se précipiter sur lui, mais celui-ci brandit de nouveau son épée et lui trancha encore trois têtes. Le monstre était épuisé, il s'affaissa tout en voulant encore s'élancer sur le chasseur, mais celui-ci rassembla ses dernières forces pour lui trancher la queue, et comme il ne pouvait plus combattre, il appela ses animaux qui le mirent en pièces. Le combat terminé, le chasseur ouvrit la porte de la chapelle et trouva la princesse étendue sur le sol, car, de peur et d'effroi, elle avait perdu connaissance pendant la bataille. Il la porta dehors et quand elle se ranima et ouvrit les yeux, il lui montra le dragon taillé en pièces et lui dit qu'à présent elle était délivrée. Elle se réjouit et dit : « Tu seras mon époux bien aimé, car mon père m'a promise à celui qui tuerait le dragon. » Là-dessus elle détacha de son cou son collier de corail et le partagea entre les animaux pour les récompenser, et ce fut le lion qui eut le petit fermoir d'or. Quant à son mouchoir, sur lequel il y avait son nom, elle en fit cadeau au chasseur, qui alla couper les langues des sept têtes du dragon, les enveloppa dans le mouchoir et les mit soigneusement de côté.

Cela fait, il était tellement abattu et fatigué par le feu et la bataille qu'il dit à la jeune fille : « Nous sommes tous deux si abattus et fatigués, nous devrions dormir un peu. » Elle dit oui, et ils se couchèrent par terre et le chasseur dit au lion : « Tu monteras la garde, afin que personne ne nous attaque pendant notre sommeil », et ils s'endormirent tous les deux. Le lion se coucha à leur côté pour monter la garde, mais lui aussi était fatigué par le combat, de sorte qu'il appela l'ours et lui dit : « Couche-toi à côté de moi, il faut que je dorme un peu, s'il y a quelque chose réveille-moi. » Alors l'ours se coucha à côté de lui, mais lui aussi était fatigué, il appela donc le loup et lui dit : « Couche-toi à côté de moi, il faut que je dorme un peu, s'il se passe quelque chose réveille-moi. » Alors le loup se coucha à côté de lui, mais lui aussi était fatigué, il appela donc le renard et lui dit : « Couche-toi à côté de moi, il faut que je dorme un peu, s'il se passe quelque chose réveille-moi. » Alors le renard se coucha à côté de lui, mais lui aussi était fatigué, il appela le lièvre et lui dit : « Couche-toi à côté de moi, il faut que je dorme un peu, s'il se passe quelque chose réveille-moi. » Alors le lièvre se coucha à côté de lui, le pauvre lièvre aussi était fatigué, mais il n'avait personne pour le remplacer, et il s'endormit. A présent la princesse, le chasseur, le lion, l'ours, le loup, le renard et le lièvre dormaient, et tous étaient plongés dans un profond sommeil.

Cependant, le maréchal, qui devait assister à tout de loin, voyant que le dragon n'emportait pas la princesse et que tout restait calme sur la montagne, prit son courage à deux mains et monta jusqu'au sommet. Là, le dragon était étendu par terre, mis en pièces et déchiqueté, et non loin de lui étaient couchés la princesse et un chasseur avec ses animaux, qui tous dormaient profondément. Et comme il était méchant et impie, il saisit son épée, trancha d'un coup le tête du chasseur et, prenant la jeune fille dans ses bras, la porta en bas. Alors elle se réveilla et fut prise d'épouvante, mais le maréchal lui dit : « Tu es entre mes mains, tu diras que c'est moi qui ai tué le dragon. — Je ne peux pas dire cela, répondit-elle, car c'est un chasseur qui l'a fait avec ses animaux. » Alors il tira son épée et la menaça de la tuer si elle n'obéissait pas, et ainsi il la força à donner sa parole. Après quoi il la mena devant le roi, qui fut transporté de joie en revoyant sa chère enfant vivante, alors qu'il la croyait dévorée par le monstre. Le maréchal lui dit : « J'ai tué le dragon et ainsi, j'ai délivré la jeune fille et tout le royaume, c'est pourquoi je l'exige pour femme, selon ce qui a été promis. » Le roi demanda à la jeune fille : « Ce qu'il dit est-il vrai ? — Ah oui, répondit-elle, il faut le croire, mais je me réserve le droit de ne célébrer les noces que dans un an et un jour », car elle espérait pendant ce temps avoir des nouvelles de son gentil chasseur.

Cependant, les animaux étaient encore couchés sur la montagne à côté de leur maître mort, et ils dormaient ; alors un gros bourdon vint se poser sur le nez du lièvre, qui le chassa avec sa patte et continua de dormir. Le bourdon revint, mais le lièvre le chassa encore et continua son somme. Alors il revint une troisième fois et lui piqua le nez si violemment qu'il se réveilla. Sitôt réveillé, il réveilla le renard, et le renard le loup, et le loup l'ours, et l'ours le lion. Et quand le lion fut réveillé et qu'il constata que la jeune fille était partie et que son maître était mort, il se mit à rugir effroyablement, et s'écria : « Qui a fait cela ? Ours, pourquoi ne m'as-tu pas réveillé ? » L'ours demanda au loup : « Pourquoi ne m'as-tu pas réveillé ? » et le loup au renard : « Pourquoi ne m'as-tu pas réveillé ? » et le renard au lièvre : « Pourquoi ne m'as-tu pas réveillé ? » Seulement le pauvre lièvre ne sut que répondre et toute la faute retomba sur lui. Alors ils voulurent le mettre à mal, mais il les implora en disant : « Ne me tuez pas, je vais rendre la vie à notre maître. Je connais une montagne où pousse une certaine racine, celui qui l'a dans la bouche est guéri de toutes les maladies et de toutes les blessures. Mais la montagne est à deux cents lieues d'ici. » Le lion dit : « Tu feras l'aller et retour en vingt-quatre heures et tu rapporteras la racine. » Le lièvre partit d'un bond et au bout de vingt-quatre heures, il était revenu et apportait la racine. Le lion remit la tête du chasseur en place, et le lièvre lui plaça la racine dans la bouche ; bientôt tout se rassembla, le cœur se mit à battre et la vie revint. Alors le chasseur se réveilla, et effrayé de ne plus voir la jeune fille, il pensa : « Elle est sans doute partie pendant mon sommeil pour se débarrasser de moi. » Dans sa grande hâte, le lion avait remis la tête de son maître à l'envers, mais, absorbé par ses tristes pensées au sujet de la princesse, celui-ci ne s'en aperçut pas : à midi seulement, au moment de manger, il constata qu'il avait la tête du côté du dos, et n'en comprenant pas la cause, il demanda à ses animaux ce qui lui était arrivé pendant son sommeil. Alors le lion lui raconta qu'ils s'étaient tous endormis de fatigue et qu'à leur réveil, ils l'avaient trouvé mort, la tête tranchée ; le lièvre était allé chercher la racine de vie, mais lui, dans sa hâte, lui avait mis la tête à l'envers ; à présent il allait réparer sa faute. Alors il détacha de nouveau la tête du chasseur, et quand il l'eut retournée, le lièvre referma la plaie avec la racine.

Cependant le chasseur était triste, il errait de par le monde et faisait danser ses animaux devant les gens. Il advint que juste un an après, il se trouva dans la ville où il avait délivré la jeune fille du dragon, et cette fois, la ville était toute tendue d'écarlate. Alors il dit à l'aubergiste : « Qu'est-ce que cela veut dire ? Il y a un an la ville était tendue de crêpe noir, que signifie aujourd'hui cet écarlate ? » L'aubergiste répondit : « Il y a un an, la fille de notre roi devait être livrée au dragon, mais le maréchal s'est battu avec lui et l'a tué, et demain on doit célébrer leur mariage ; ainsi, la ville était alors tendue de crêpe en signe de deuil, et aujourd'hui elle l'est d'écarlate en signe de joie. »

Le lendemain, qui était le jour de la noce, le chasseur dit à l'aubergiste à l'heure du déjeuner : « Croirez-vous, monsieur l'aubergiste, qu'aujourd'hui même, je mangerai chez vous du pain provenant de la table du roi ? — Oui-da, dit l'aubergiste, je parierais bien cent pièces d'or que ce n'est pas vrai. » Le chasseur accepta le pari et donna sa bourse en gage avec autant de pièces d'or. Puis il appela le lièvre et lui dit : « Va, cher ami sauteur, et apporte-moi du pain tel qu'en mange le roi. » Or, le lièvre était le plus petit de tous, il ne pouvait charger personne d'autre de la commission et il lui fallut bien se mettre en route. « Aïe, pensait-il, si je saute comme ça tout seul dans les rues, j'aurai les chiens du boucher à mes trousses. » C'est bien ce qui arriva, et les chiens se lancèrent à sa poursuite dans le dessein de lui rapiécer son honnête pelage. Mais d'un bond, hop ! il se réfugia dans une guérite sans que le soldat s'en aperçût. Et quand les chiens voulurent le faire sortir, le soldat, ne comprenant pas la plaisanterie, tapa dessus avec la crosse de son fusil, de sorte qu'ils s'enfuirent en poussant des cris et en gémissant. Quand le lièvre se vit le champ libre, il courut d'une traite au château, alla tout droit chez la princesse, s'assit sous sa chaise et lui gratta le pied. Alors elle dit : « Veux-tu bien t'en aller ! » car elle croyait que c'était son chien. Le lièvre lui gratta une seconde fois le pied, et elle dit de nouveau : « Veux-tu bien t'en aller ! », croyant toujours que c'était son chien. Mais le lièvre ne perdit pas la tête, il la gratta une troisième fois, alors elle se baissa pour voir ce que c'était et reconnut le lièvre à son collier. Alors elle le prit sur ses genoux, le porta dans sa chambre et dit : « Mon gentil lièvre, que veux-tu ? » Il répondit : « Mon maître, qui a tué le dragon, est ici et m'envoie chercher du pain tel qu'en mange le roi. » Alors elle fut pleine de joie et fit venir le boulanger et lui ordonna d'apporter un pain semblable à celui du roi. Et le petit lièvre ajouta : « Mais il faut aussi que le boulanger me le porte, afin que les chiens du boucher ne me fassent pas de mal. » Le boulanger le lui porta jusqu'au seuil de l'auberge ; là, le lièvre se dressa sur ses pattes de derrière, saisit le pain avec ses pattes de devant et le porta à son maître. Alors le chasseur dit : « Voyez-vous, monsieur l'aubergiste, les cent pièces d'or sont à moi. » L'aubergiste fut étonné, mais le chasseur continua : « Nous disons donc que j'ai le pain, monsieur l'aubergiste, mais à présent je voudrais aussi manger du rôti du roi. » L'aubergiste dit : « J'aimerais bien voir cela », mais il ne voulut plus parier. Le chasseur appela le renard et dit :

« Mon petit renard, va me chercher du rôti tel qu'en mange le roi. » Le renard connaissait mieux que personne les chemins dérobés, il se glissa dans les coins sans qu'un chien l'aperçût, se mit sous la chaise de la princesse et lui gratta le pied. Alors elle regarda sous sa chaise et reconnut le renard à son collier, elle l'emporta dans sa chambre et dit : « Gentil renard, que veux-tu ? » Il répondit : « Mon maître, qui a tué le dragon, est ici et m'envoie demander un rôti tel qu'en mange le roi. » Alors elle fit venir le cuisinier, qui dut préparer un rôti tel que le roi en mangeait et le porter jusqu'au seuil de l'auberge ; là, le renard lui prit le plat, agita sa queue pour chasser les mouches qui s'étaient posées sur le rôti et le porta à son maître. « Voyez-vous, monsieur l'aubergiste, dit le chasseur, voici déjà le pain et la viande, à présent je veux aussi des légumes tels qu'en mange le roi. » Alors il appela le loup et dit : « Cher loup, va me chercher des légumes tels qu'en mange le roi. » Alors le loup alla tout droit au château, car il ne craignait rien ni personne, et quand il arriva chez la princesse, il la tira par-derrière pour l'obliger à se retourner. Elle le reconnut à son collier et l'emmena dans sa chambre et lui dit : « Cher loup, que veux-tu ? » Il répondit : « Mon maître, qui a tué le dragon, est ici et m'envoie demander des légumes tels qu'en mange le roi. » Alors elle fit venir le cuisinier, qui dut préparer des légumes tels que le roi en mangeait et les porter jusqu'à l'auberge : là, le loup prit le plat et l'apporta à son maître. « Voyez-vous, monsieur l'aubergiste, dit le chasseur, voici le pain, la viande et les légumes, à présent je veux aussi des bonbons tels qu'en mange le roi. » Il appela l'ours et dit : « Cher ours, toi qui aimes bien les friandises, va me chercher des bonbons tels qu'en mange le roi. » Alors l'ours trotta vers le château et tout le monde s'écartait sur son passage : mais lorsqu'il arriva devant les gardes, ils montrèrent leurs fusils et ne voulurent pas le laisser passer. Alors il se dressa et donna de la patte quelques gifles à droite et à gauche, de sorte que toute la garde s'écroula, après quoi il alla tout droit chez la princesse, se plaça derrière elle et grogna un peu. Elle se retourna et le reconnut et, lui disant de la suivre dans sa chambre, elle lui demanda : « Cher ours, que veux-tu ? » Il répondit : « Mon maître, qui a tué le dragon, est ici et m'envoie demander des bonbons tels qu'en mange le roi. » Alors elle fit venir le confiseur, qui dut faire des bonbons tels qu'en mangeait le roi et les porter jusqu'à l'auberge : là, l'ours donna d'abord un coup de langue aux petits pois en sucre qui avaient roulé par terre, puis il se dressa sur ses pattes, prit le plat et l'apporta à son maître. « Voyez-vous, monsieur l'aubergiste, voici le pain, la viande, les légumes et les bonbons, à présent je veux boire aussi du vin tel qu'en boit le roi. » Il appela son lion et lui dit : « Cher lion, toi qui aimes bien boire un coup, va me chercher du vin tel qu'en boit le roi. » Alors le lion marcha dans la rue et les gens prirent la fuite en le voyant, et quand il arriva devant les gardes, ils voulurent lui barrer le chemin, mais il n'eut qu'à grogner une seule fois, et tout le monde s'enfuit. Le lion se posta donc devant la chambre royale et frappa avec sa queue. La princesse sortit et pour un peu elle eût été saisie d'épouvante en voyant le lion, mais elle le reconnut au fermoir d'or de son collier, elle le fit entrer dans sa chambre et dit : « Gentil lion, que veux-tu ? » Il répondit : « Mon maître, qui a tué le dragon, est ici et m'envoie demander du vin comme celui que boit le roi. » Alors elle fit venir le sommelier, pour qu'il donnât au lion du vin comme celui que buvait le roi. Le lion dit : « Je vais aller voir avec lui s'il me donne celui qu'il faut. » Il accompagna donc le sommelier et quand ils furent en bas, celui-ci voulut lui tirer du vin ordinaire, qui était pour les domestiques du roi, mais le lion dit : « Halte ! Je veux d'abord le goûter », il s'en tira un demi-setier et le vida d'un trait. « Non, dit-il, ce n'est pas le bon. » Le sommelier le regarda de travers, mais il s'apprêta à lui donner d'un autre tonneau, qui était pour le maréchal du roi. Le lion dit : « Halte ! Je veux d'abord le goûter », il s'en tira un demi-setier et le but : « Il est meilleur, mais ce n'est pas encore le bon. » Alors le sommelier se fâcha et dit : « Comme si ce sot animal était connaisseur ! » Mais le lion lui donna derrière les oreilles un coup qui le fit tomber sans douceur, et quand il se fut relevé, il conduisit le lion sans mot dire dans une petite cave particulière où était le vin du roi, dont personne n'avait le droit de boire. Le lion s'en tira d'abord un demi-setier et le goûta, puis il dit : « Cela pourrait être le bon », et il ordonna au sommelier d'en remplir six bouteilles. Puis ils remontèrent ; mais quand le lion se trouva à l'air libre au sortir de la cave, il se mit à tituber, car il était un peu ivre, en sorte que le sommelier dut lui porter le vin jusqu'au seuil de l'auberge : là, le lion prit le panier dans sa gueule et l'apporta à son maître. Le chasseur dit : « Voyez-vous, monsieur l'aubergiste, j'ai le pain, la viande, les légumes, les bonbons et le vin comme ceux du roi, et à présent je vais me mettre à table avec mes animaux », il s'assit, mangea et but, donna aussi quelque chose à manger et à boire au lièvre, au renard, au loup, à l'ours et au lion, et il se sentit de bonne humeur, car il voyait que la princesse l'aimait toujours. Et quand il eut fini son repas, il dit : « Monsieur l'aubergiste, maintenant que j'ai mangé et bu comme le roi, je vais aller à la cour du roi afin d'épouser la princesse. » L'aubergiste demanda : « Comment cela se pourrait-il, puisqu'elle a déjà un fiancé et que les noces seront célébrées aujourd'hui ? » Alors le chasseur tira de sa poche le mouchoir que la princesse lui avait donné sur la montagne du dragon et où les sept langues du monstre étaient enveloppées, et il dit : « Ce que j'ai dans la main m'y aidera. » Alors l'aubergiste regarda le mouchoir et dit : « Quand je croirai tout le reste, je ne croirai pas cela, et je parie ma maison et mon auberge. » Mais le chasseur prit une bourse avec mille pièces d'or et la posa sur la table en disant : « Voici mon enjeu. »

Cependant le roi dit à sa fille à la table royale : « Que voulaient toutes ces bêtes féroces qui sont venues te voir et ont fait des allées et venues dans mon château ? » Elle répondit : « Je ne peux pas le dire, mais envoyez chercher le maître de ces animaux, vous ferez sagement. » Le roi envoya un serviteur à l'auberge et fit inviter l'inconnu, et le serviteur arriva juste au moment où le chasseur faisait son pari avec l'aubergiste. Alors il dit : « Vous voyez, monsieur l'aubergiste, le roi m'envoie un serviteur pour m'inviter, mais je n'irai pas tout de go. » Et il dit au serviteur : « Je prie le roi de me faire envoyer des habits royaux, un carrosse avec six chevaux et des domestiques pour me servir. » Quand le roi connut sa réponse, il dit à sa fille : « Que dois-je faire ? » Elle dit : « Envoyez-le chercher comme il le demande, vous ferez sagement. » Alors le roi envoya des habits royaux, un carrosse avec six chevaux et des domestiques pour le servir. En les voyant venir, le chasseur dit : « Vous voyez, monsieur l'aubergiste, on vient me chercher comme je l'ai exigé », et il mit les habits royaux, prit le mouchoir avec les langues du dragon, et se rendit chez le roi. En le voyant venir, le roi dit à sa fille :

« Comment dois-je le recevoir ? » Elle répondit : « Allez à sa rencontre, vous ferez sagement. » Alors le roi alla à sa rencontre et le conduisit en haut, et ses animaux le suivirent. Le roi lui désigna une place à côté de lui et de sa fille, en sa qualité de fiancé le maréchal était assis de l'autre côté, mais il ne le reconnut pas. Or, on apportait justement les sept têtes du dragons pour les faire voir, et le roi dit : « Ces sept têtes sont celles que le maréchal a tranchées au dragon, c'est pourquoi je lui donne aujourd'hui ma fille pour femme. » Alors le chasseur se leva, ouvrit les sept gueules et dit : « Où sont les septs langues du dragon ? » Le maréchal fut pris de peur, il devint tout pâle et ne sut que répondre, enfin il dit dans sa frayeur : « Les dragons n'ont pas de langue. » Le chasseur dit : « Les menteurs n'en devraient pas avoir, mais les langues de dragon sont les preuves du vainqueur », et il défit son mouchoir ; elles y étaient toutes les sept, puis il mit chaque langue dans la gueule dont elle faisait partie, et elle s'y adaptait parfaitement. Ensuite il prit le mouchoir où était brodé le nom de la princesse et il le montra à la jeune fille en lui demandant à qui elle l'avait donné, alors elle répondit : « A celui qui a tué le dragon. » Puis il appela ses animaux, ôta à chacun son collier et au lion son fermoir d'or, les montra à la jeune fille et lui demanda à qui ils appartenaient. Elle répondit : « Le collier et le fermoir d'or étaient à moi, je les ai partagés entre les animaux qui ont aidé à vaincre le dragon. » Alors le chasseur dit : « Quand, las du combat, je me suis couché pour dormir, le maréchal est venu et m'a tranché la tête. Ensuite il a emporté la princesse, se donnant pour celui qui avait tué le dragon ; et je prouve qu'il a menti par ces langues, ce mouchoir et ce collier. » Ensuite il raconta comment ses animaux l'avaient guéri avec une racine merveilleuse, et qu'il avait erré tout un an avec eux pour revenir enfin ici, où il avait appris l'imposture du maréchal grâce au récit de l'aubergiste. Alors le roi demanda à sa fille : « Est-il vrai que celui-ci a tué le dragon ? » Alors elle répondit : « Oui, c'est vrai ; à présent je peux révéler le forfait du maréchal, puisqu'il éclate au grand jour sans que j'y sois pour rien, car il m'avait arraché la promesse de me taire. C'est pourquoi je me suis réservé le droit de ne célébrer le mariage que dans un an et un jour. » Alors le roi fit venir douze conseillers pour juger le maréchal, et ils le condamnèrent à être écartelé par quatre bœufs. Ainsi le maréchal fut-il exécuté, quant au roi, il donna sa fille au chasseur et le nomma gouverneur de tout son royaume. La noce fut célébrée en grande joie, et le jeune roi fit venir son père et son père adoptif et les combla de trésors. Il n'oublia pas non plus l'aubergiste, il le fit venir et lui dit : « Voyez-vous, monsieur l'aubergiste, j'ai épousé la princesse, en sorte que votre maison et votre auberge sont à moi. » L'aubergiste dit : « Oui, ce serait justice. » Mais le jeune roi dit :

« La grâce primera le droit : vous garderez votre maison et votre auberge, et je vous fais cadeau des mille pièces d'or par-dessus le marché. »

A présent le jeune roi et la jeune reine étaient gais et vivaient heureux ensemble. Il allait souvent à la chasse, car il y prenait plaisir, et ses animaux le suivaient. Or il y avait dans le voisinage une forêt dont on disait qu'elle n'était pas rassurante et qu'une fois qu'on était dedans, il n'était pas facile d'en sortir. Cependant le jeune roi avait grande envie d'aller y chasser et le vieux roi n'eut pas de repos qu'il ne le lui eût permis. Alors il se mit en route avec une nombreuse suite et quand il arriva à la forêt, il vit une grande biche blanche comme neige et il dit à ses gens : « Arrêtez-vous ici et attendez mon retour, je veux poursuivre cette belle bête », puis il s'enfonça dans la forêt, et seuls ses animaux le suivirent. Ses gens firent halte et l'attendirent jusqu'au soir, mais il ne revint pas : alors ils rentrèrent au château et dirent à la jeune reine : « Le jeune roi a poursuivi une biche blanche dans la forêt enchantée et il n'est pas revenu. » Alors elle eut grande crainte à son sujet. Quant à lui, il avait toujours suivi la belle bête, mais sans parvenir à la rattraper ; chaque fois qu'il la croyait à sa portée, il la voyait tout à coup bondir au loin, et pour finir, elle disparut tout à fait. Alors il s'aperçut qu'il s'était profondément enfoncé dans la forêt, il prit son cor et souffla, mais il ne reçut pas de réponse, car ses gens ne pouvaient pas l'entendre. Et comme en outre la nuit tombait, il vit qu'il ne pourrait pas rentrer chez lui ce jour-là, il descendit donc de cheval, se fit du feu auprès d'un arbre, où il se disposa à passer la nuit. Tandis qu'il était assis près du feu, ses animaux couchés à côté de lui, il lui sembla entendre une voix humaine : il regarda de tous côtés, mais ne put rien distinguer. Peu après il entendit de nouveau des gémissements qui paraissaient venir d'en haut, alors il leva la tête et aperçut une vieille femme perchée dans l'arbre qui ne cessait de gémir : « Oh, oh, oh, que j'ai froid ! » Il lui dit : « Si tu as froid, descends et viens te chauffer. » Mais elle répondit : « Non, tes animaux me mordraient. » Il répondit : « Ils ne te feront rien, ma brave vieille, viens donc. » Or c'était une sorcière et elle dit : « Je vais te lancer une verge du haut de l'arbre, si tu leur en donnes un coup sur le dos, ils ne me feront rien. » Alors elle lui lança une petite verge et il leur en donna un coup, aussitôt ils cessèrent de bouger et furent changés en pierre. Et quand la sorcière fut tranquille de ce côté-là, elle descendit de l'arbre et le touchant lui aussi avec une baguette, elle le changea en pierre. Puis elle éclata de rire et le traîna avec ses animaux dans une fosse où il y avait déjà beaucoup de pierres pareilles.

Cependant, comme le jeune roi ne revenait toujours pas, les craintes et les appréhensions de la reine ne cessaient de grandir. Or il advint que juste en ce temps-là, l'autre frère, qui était parti vers l'est au moment de leur séparation, arriva dans le royaume. Il avait cherché un emploi et n'en ayant pas trouvé, il avait erré à l'aventure en faisant danser ses animaux. Alors il eut l'idée d'aller voir le couteau qu'ils avaient fiché dans un tronc d'arbre en se séparant, afin d'apprendre ce qu'il était advenu de son frère. Une fois là, il vit que le côté de son frère était à demi rouillé, à demi brillant. Alors il fut effrayé et pensa : « Il faut qu'un grand malheur lui soit arrivé, mais je puis peut-être encore le sauver, car la moitié de la lame est encore brillante. » Il partit donc vers l'ouest avec ses animaux et quand il arriva à la porte de la ville, le garde vint à sa rencontre et lui demanda s'il fallait annoncer son retour à son épouse : la jeune reine était déjà depuis plusieurs jours dans une grande angoisse à cause de son absence, car elle craignait qu'il n'eût péri dans la forêt enchantée. C'est que la sentinelle ne doutait pas qu'il fût le jeune roi lui-même tant il lui ressemblait, avec ses bêtes sauvages marchant sur ses talons. Alors il comprit qu'il s'agissait de son frère et il pensa : « Le mieux est de me faire passer pour lui, ainsi je pourrai plus facilement le sauver. » Il se fit donc accompagner au château par la sentinelle, et il fut reçu en grande joie. La jeune reine ne doutait pas que ce fût son époux, et elle lui demanda pourquoi il s'était absenté si longtemps. Il répondit : « Je m'étais égaré dans la forêt et je n'ai pu en sortir plus tôt. » Le soir, on le coucha dans le lit royal, mais il mit entre lui et la jeune reine une épée à double tranchant : elle ne savait pas ce que cela voulait dire, mais elle n'osa pas l'interroger.

Il demeura là pendant quelques jours et pendant ce temps, il fit des recherches pour savoir ce qu'il en était de la forêt enchantée ; enfin il dit : « Il me faut retourner à la chasse. » Le roi et la jeune reine tentèrent de l'en dissuader, mais il s'obstina et partit avec une nombreuse suite. Une fois dans la forêt, il lui advint la même chose qu'à son frère, il vit une biche blanche et dit à ses gens : « Restez ici et attendez mon retour, je veux poursuivre cette belle bête », puis il s'enfonça dans la forêt et ses animaux lui emboîtèrent le pas. Mais il ne put pas rattraper la biche et s'engagea si profondément dans la forêt qu'il dut y passer la nuit. Après avoir fait du feu, il entendit gémir au-dessus de lui : « Oh, oh, oh, que j'ai froid ! » Alors il leva la tête et vit la même sorcière perchée en haut de l'arbre. Il dit : « Si tu as froid, descends et chauffe-toi, ma brave vieille. » Elle répondit : « Non, tes animaux me mordraient. » Mais il lui dit : « Non, ils ne te feront rien. » Alors elle s'écria : « Je vais te lancer une verge, si tu leur en donnes un coup, ils ne me feront rien. » En entendant cela, le chasseur se méfia de la vieille et dit : « Je ne bats pas mes animaux, tu descends, ou je vais te chercher. » Alors elle s'écria : « Qu'est-ce que tu veux donc ? Ce n'est pas encore toi qui pourras me toucher. » Mais il répondit : « Descends, ou je tire. » Elle dit : « Tire donc, je ne crains pas tes balles. » Alors il épaula et la visa, mais la sorcière était protégée contre les balles de plomb, elle éclata d'un rire strident et dit : « Tu ne m'as pas encore touchée. » Le chasseur savait à quoi s'en tenir, il arracha trois boutons d'argent de sa tunique et en chargea son mousqueton, car contre cela tous les artifices étaient vains, et quand il appuya sur la détente, elle s'écroula en poussant un cri. Alors il posa le pied sur elle et dit : « Vieille sorcière, si tu ne me dis pas où est mon frère, je t'empoigne à deux mains et je te jette dans le feu. » Prise d'une grande peur, elle demanda grâce et dit : « Il est pétrifié et couché dans une fosse avec ses animaux. » Alors il la força à l'accompagner et la menaça en disant : « Vieux hibou, tu vas ranimer mon frère et toutes les créatures qui sont là, sans quoi je te jette au feu. » Elle prit une baguette et en toucha les pierres : alors son frère revint à la vie ainsi que ses animaux, et bien d'autres, marchands, ouvriers, bergers, se levèrent, le remercièrent de les avoir délivrés et rentrèrent chez eux. Quant aux frères jumeaux, en se revoyant ils s'embrassèrent et se réjouirent de tout leur cœur. Puis ils se saisirent de la sorcière, la ligotèrent et la jetèrent dans le feu, et quand elle fut brûlée, la forêt s'ouvrit d'elle-même, et comme il y faisait clair, on put voir le château royal à trois lieues de là.

Alors les deux frères rentrèrent ensemble à la

maison et en chemin, ils se racontèrent leurs aventures. Et le cadet ayant dit qu'il régnait dans tout le pays à la place du roi, l'autre répondit : « Je m'en suis bien aperçu, car lorsque je suis entré dans la ville et que l'on m'a pris pour toi, on m'a rendu tous les honneurs royaux : la jeune reine m'a pris pour son époux, j'ai dû manger à son côté et dormir dans ton lit. » A ces mots, l'autre fut si jaloux et entra dans une si violente colère qu'il tira son épée et trancha la tête de son frère. Mais quand celui-ci fut couché par terre et qu'il vit son sang rouge couler, il éprouva un violent remords : « Mon frère m'a délivré, s'écria-t-il, et en récompense je l'ai tué ! », et il se mit à gémir tout haut. Alors son lièvre vint lui proposer d'aller chercher la racine de vie, il partit d'un bond et la rapporta à temps : et le mort fut ranimé et ne sentit pas du tout sa blessure.

Là-dessus ils continuèrent leur chemin et le cadet dit : « Tu es semblable à moi, tu as des habits royaux comme moi, et tes animaux te suivent comme moi : nous allons entrer par les deux portes opposées et nous arriverons auprès du vieux roi des deux côtés en même temps. » Ils se séparèrent donc, et la sentinelle de chacune des portes vint annoncer en même temps au vieux roi que le jeune roi était rentré de la chasse avec ses animaux. Le roi dit : « Ce n'est pas possible, les deux portes sont à une lieue l'une de l'autre. » Mais à ce moment, les deux frères entrèrent des deux côtés dans la cour du château et montèrent ensemble l'escalier. Alors le roi dit à sa fille : « Dis-moi, lequel est ton époux ? L'un est pareil à l'autre, moi je ne sais pas. » Alors elle fut dans une grande angoisse et ne put rien dire ; enfin elle se rappela le collier qu'elle avait donné aux animaux, elle chercha et trouva sur l'un des lions son petit fermoir d'or, et tout heureuse elle s'écria : « Celui qui suit ce lion, celui-là est mon vrai époux. » Alors le jeune roi se mit à rire et dit : « Oui, c'est le vrai », et ils se mirent ensemble à table, ils burent, mangèrent et furent joyeux. Le soir, quand le jeune roi alla se coucher, sa femme lui dit : « Pourquoi, les nuits dernières, as-tu toujours mis une épée à double tranchant dans notre lit, j'ai cru que tu voulais me tuer. » Alors il comprit combien son frère avait été fidèle.

Peau-de-Mille-Bêtes

Il était une fois un roi qui avait une femme aux cheveux d'or, et elle était si belle qu'on n'aurait pas trouvé sa pareille sur terre. Il advint qu'elle tomba malade, et quand elle se sentit près de mourir, elle appela le roi et lui dit : « Si tu veux te remarier après ma mort, ne prends pas une femme qui ne serait pas aussi belle que moi et n'aurait pas mes cheveux d'or ; il faut me le promettre. » Quand le roi le lui eut promis, elle ferma les yeux et mourut.

Le roi fut longtemps inconsolable et ne songeait pas à prendre une seconde femme. Enfin ses conseillers se dirent : « Impossible de faire autrement, il faut que le roi se remarie, afin que nous ayons une reine. » Alors on envoya des messagers à la ronde chercher une fiancée qui égalât tout à fait en beauté la défunte reine. Mais on n'en put trouver dans le monde entier, et quand on l'aurait trouvée, il n'en existait pas qui eût de pareils cheveux d'or. Les messagers rentrèrent donc chez eux sans avoir rien fait.

Or le roi avait une fille qui était aussi belle que sa défunte mère et qui avait ses cheveux d'or. Quand elle fut grande, le roi un jour la regarda et vit qu'elle était en tous points semblable à sa défunte épouse, et soudain il éprouva pour elle un violent amour. Alors il dit à ses conseillers « Je veux épouser ma fille, car elle est tout le portrait de ma défunte femme, et ainsi j'aurai trouvé une fiancée qui lui ressemble. » En entendant cela, les conseillers prirent peur et dirent « Dieu a interdit que le père épouse sa fille, il ne peut rien sortir de bon de ce péché et tout le royaume sera entraîné à sa perte. » La fille fut encore plus effrayée en apprenant la décision de son père, mais elle espérait encore le détourner de son dessein. Alors elle lui dit : « Avant que j'accède à votre désir, il me faut avoir trois robes, une dorée comme le soleil, une argentée comme la lune, et une brillante comme les étoiles : en outre j'exige un manteau fait de mille peaux et de mille fourrures, pour lequel chaque animal de votre royaume devra donner un morceau de sa peau. » Or elle pensait : « Se procurer cela est tout à fait impossible, et ainsi, je détourne mon père de ses mauvaises pensées. » Mais le roi n'abandonna pas la partie, et les plus habiles jeunes filles de son royaume durent tisser les trois robes, une dorée comme le soleil, une argentée comme la lune, une brillante comme les étoiles ;

et ses chasseurs durent s'emparer de toutes les bêtes du royaume pour leur enlever un morceau de peau ; on en fit un manteau composé de mille fourrures. Enfin, quand tout fut fini, le roi envoya chercher le manteau, l'étendit devant elle et dit : « Demain sera le jour des noces. »

Quand la princesse vit qu'il n'y avait plus d'espoir de changer le cœur de son père, elle résolut de fuir. La nuit, tandis que tout dormait, elle prit dans son trésor trois choses précieuses, un anneau d'or, un petit rouet d'or et un petit dévidoir d'or ; elle mit dans une coquille de noix les trois robes de soleil, de lune et d'étoiles, revêtit le manteau de mille fourrures et se noircit le visage et les mains avec de la suie. Puis elle se recommanda à Dieu et se mit en route et marcha toute la nuit, jusqu'à ce qu'elle arrivât à une grande forêt. Et comme elle était fatiguée, elle se jucha dans le creux d'un arbre et s'endormit.

Le soleil se leva et elle dormait encore, et elle dormait encore qu'il faisait déjà grand jour. Il advint que le roi à qui appartenait cette forêt était à la chasse. Quand ses chiens s'approchèrent de l'arbre, ils le flairèrent et se mirent à courir de tous côtés en aboyant. Le roi dit aux chasseurs « Allez donc voir quel est le gibier qui s'est caché là. » Les chasseurs obéirent et quand ils revinrent, ils dirent : « Il y a dans le creux de l'arbre un étrange animal : sa peau est faite de mille pelages, mais il est couché et dort. » Le roi dit : « Voyez à le prendre vivant, puis attachez-le sur la voiture et emmenez-le. » Quand les chasseurs voulurent se saisir de la jeune fille, elle se réveilla pleine de frayeur et s'écria : « Je suis une pauvre fille, abandonnée de son père et de sa mère, ayez pitié et emmenez-moi. » Alors ils dirent : « Peau-de-Mille-Bêtes, tu feras l'affaire à la cuisine, viens donc, tu pourras balayer les cendres. » Alors ils la mirent sur la voiture et la conduisirent au château royal. Là, ils lui montrèrent un réduit sous l'escalier où la lumière du jour ne pénétrait pas et ils lui dirent : « Petite-Peau-de-Mille-Bêtes, tu pourras loger là et y dormir. » Ensuite on l'envoya à la cuisine, où elle porta le bois et l'eau, tisonna le feu, pluma la volaille, éplucha les légumes, tria les cendres et fit tout le dur travail.

Peau-de-Mille-Bêtes vécut là longtemps dans une bien grande misère. Ah, belle princesse, qu'adviendra-t-il encore de toi ? Cependant, il arriva un jour qu'on donna une grande fête au château, et elle dit au cuisinier : « Puis-je monter un peu regarder ? Je me mettrai dehors devant la porte. » Le cuisinier répondit : « Oui, vas-y donc, mais sois rentrée dans une demi-heure pour vider les cendres. » Alors elle prit sa petite lampe à huile, alla dans son réduit, ôta sa pelisse et lava la suie de son visage et ses mains, de sorte que sa beauté parut de nouveau dans tout son éclat. Puis elle ouvrit la noix et prit la robe qui brillait comme le soleil. Et quand ce fut fait, elle monta à la fête, et tout le monde s'écarta sur son passage, car personne ne la connaissait et on ne doutait pas que ce fût une princesse. Or le roi vint à sa rencontre, lui tendit la main et tout en dansant avec elle, il pensa en son cœur : « Mes yeux n'ont jamais vu de plus belle femme. » Quand la danse fut finie, elle fit une révérence, et le roi ayant tourné la tête, elle disparut et personne ne sut où elle s'en était allée. On appela les gardes qui étaient devant le château et on les interrogea, mais personne ne l'avait aperçue.

Quant à elle, courant à son réduit, elle avait vivement ôté sa robe, puis s'étant noirci le visage et les mains, elle avait remis sa pelisse et était redevenue Peau-de-Mille-Bêtes. Quand elle rentra dans la cuisine pour faire son travail et balayer les cendres, le cuisinier lui dit : « Laisse cela jusqu'à demain, et fais-moi la soupe pour le roi, j'aimerais bien aller aussi jeter un coup d'œil en haut : mais ne laisse pas tomber de cheveux dans la soupe, sinon je ne te donnerai plus rien à manger à l'avenir. » Puis il partit et Peau-de-Mille-Bêtes prépara la soupe du roi et fit une panade aussi bonne qu'elle le put, et quand elle eut fini, elle alla au réduit chercher son anneau d'or et le posa dans le plat où la soupe était versée. Quand la danse fut finie, le roi se fit apporter la soupe et la mangea, et elle lui parut si bonne qu'il crut n'en avoir jamais mangé de meilleure. Mais comme il arrivait au fond, il y avait un anneau d'or et ne put comprendre comment il était venu là. Alors il ordonna de faire venir le cuisinier. En entendant l'ordre, le cuisinier prit peur et dit à Peau-de-Mille-Bêtes : « Sûrement tu as laissé tomber un cheveu dans la soupe ; si c'est vrai tu seras battue. » Quand il fut devant le roi, celui-ci lui demanda qui avait fait la soupe. Le cuisinier répondit : « C'est moi. » Mais le roi dit : « Ce n'est pas vrai, car elle était faite autrement, et bien mieux que d'habitude. » Il répondit : « J'avoue que ce n'est pas moi qui l'ai faite, mais la petite Peau-de-Mille-Bêtes. » Le roi dit : « Va la chercher. »

Quand Peau-de-Mille-Bêtes fut devant lui, le roi lui demanda : « Qui es-tu ? — Je suis une pauvre fille qui n'a plus ni père ni mère. » Il demanda : « Que fais-tu dans mon château ? » Elle répondit : « Je ne suis bonne à rien, qu'à recevoir les bottes qu'on me jette à la figure. » Il demanda encore : « D'où as-tu l'anneau qui était dans la soupe ? » Elle répondit : « Je ne sais rien de cet anneau. » Ainsi le roi ne put rien apprendre et dut la renvoyer.

Quelque temps après, il y eut de nouveau une fête, et Peau-de-Mille-Bêtes demanda comme auparavant au cuisinier la permission d'aller regarder. Il répondit : « Oui, mais reviens dans une demi-heure et prépare au roi la panade qu'il aime tant. » Alors elle courut à son réduit et sortit de la noix la robe qui était argentée comme la lune, puis elle la mit. Ensuite elle monta et elle avait l'air d'une princesse ; et le roi vint à sa rencontre et se réjouit de la revoir, et comme justement le bal s'ouvrait, ils dansèrent ensemble. Mais quand la danse fut finie, elle disparut de nouveau, si rapidement que le roi ne put pas voir où elle allait. Quant à elle, elle courut à son réduit et, étant redevenue Peau-de-Mille-Bêtes, elle alla à la cuisine faire la soupe du roi. Quand le cuisinier fut monté, elle alla chercher le petit rouet d'or et le mit dans le plat où la soupe était servie. Puis on la porta au roi qui la mangea et la trouva aussi bonne que la première fois, et fit venir le cuisinier qui dut avouer cette fois encore que Peau-de-Mille-Bêtes avait fait la soupe. Alors Peau-de-Mille-Bêtes revint devant le roi, mais elle répondit qu'elle était juste bonne à recevoir les bottes qu'on lui jetait à la figure et qu'elle ignorait tout du petit rouet d'or.

Quand le roi donna une troisième fête, il n'en alla pas autrement que les autres fois. Pourtant le cuisinier lui dit : « Tu es une sorcière, petite Peau-de-Mille-Bêtes, il faut que tu mettes toujours quelque chose dans la soupe pour qu'elle soit si bonne et que le roi la trouve meilleure que la mienne », mais elle le supplia tellement qu'il la laissa monter pour un court moment. Alors elle mit sa robe qui scintillait comme les étoiles et entra dans la salle ainsi vêtue. Le roi dansa encore avec la belle jeune fille et pensa que jamais encore elle n'avait été aussi belle. Et tout en dansant, il lui mit un anneau d'or au doigt sans qu'elle s'en aperçût, et il avait ordonné que la danse durât très longtemps. A la fin, il voulut lui prendre les mains, mais elle se dégagea et s'échappa d'un bond si vif qu'elle se perdit parmi les gens et disparut à ses yeux. Elle courut aussi vite qu'elle put jusqu'à son réduit sous l'escalier ; mais comme elle était restée trop longtemps et que la demi-heure était passée, elle ne put pas retirer sa belle robe, elle eut juste le temps de jeter sa pelisse de fourrure par-dessus, et dans sa hâte, elle ne se mit pas non plus de la suie partout, et un de ses doigts resta blanc. Puis Peau-de-Mille-Bêtes courut à la cuisine, prépara la soupe du roi et, dès que le cuisinier fut parti, y mit le dévidoir d'or. En trouvant le dévidoir au font du plat, le roi fit appeler Peau-de-Mille-Bêtes, alors il aperçut son doigt blanc et vit l'anneau qu'il lui avait mis au bal. Il la saisit par la main et la retint, et comme elle voulait se dégager et s'enfuir, sa pelisse s'entrouvrit et la robe étoilée scintilla dessous. Le roi saisit la pelisse et l'arracha. Alors ses cheveux d'or furent découverts et elle apparut dans toute sa splendeur et ne put pas continuer à se cacher. Et quand elle eut nettoyé la suie et la cendre de son visage, elle était plus belle que personne ne le fut jamais sur terre. Cependant le roi lui dit : « Tu es ma chère fiancée et nous ne nous séparerons plus jamais. » Ensuite on célébra les noces et ils vécurent heureux jusqu'à la fin de leurs jours.

L'alouette chanteuse et sauteuse

Il était une fois un homme qui était sur le point de faire un grand voyage, et au moment de partir, il demanda à ses trois filles ce qu'il devait leur rapporter. L'aînée demanda des perles, la deuxième des diamants, quant à la troisième, elle dit : « Cher père, je voudrais une alouette chanteuse et sauteuse. » Le père dit : « Oui, si je peux en trouver une, tu l'auras », puis il les embrassa et s'en fut. Quand le temps fut venu de reprendre le chemin du retour, il avait acheté les perles et les diamants pour les deux aînées, mais l'alouette chanteuse et sauteuse demandée par la cadette, il l'avait cherchée partout en vain, et cela le chagrinait, car c'était son enfant préférée. Or, son chemin passait par une forêt au cœur de laquelle s'élevait un château splendide, et à côté du château il y avait un arbre, et tout en haut de l'arbre il vit une alouette chanter et sauter. « Eh, tu tombes fort à propos », se dit-il tout heureux, et il appela son domestique pour qu'il montât sur l'arbre et prît le petit animal. Mais quand il s'approcha de l'arbre, un lion en sortit d'un bond, se secoua et se mit à rugir si terriblement que le feuillage en trembla sur les arbres. « Qui veut me voler mon alouette chanteuse et sauteuse, s'écria-t-il, je le dévore. » L'homme dit alors : « Je ne savais pas que cet oiseau t'appartenait : je veux réparer mes torts et me racheter à prix d'or, laisse-moi seulement la vie. » Le lion dit : « Tu ne peux pas être sauvé, sauf si tu promets de me donner la première créature que tu rencontreras en rentrant chez toi ; si tu y consens, je te donne la vie et l'oiseau pour ta fille par-dessus le marché. » Mais l'homme refusa en disant : « Cela pourrait être ma fille cadette, c'est elle qui m'aime le plus et elle court toujours à ma rencontre quand je rentre à la maison. » Mais le serviteur avait peur et dit : « Pourquoi serait-ce justement votre fille ? ce pourrait être aussi bien un chat ou un chien. » Alors l'homme se laissa convaincre, il prit l'alouette chanteuse et sauteuse et promit au lion de lui donner la première créature qu'il rencontrerait en rentrant chez lui.

Comme il était arrivé et allait entrer dans sa maison, la première créature qu'il rencontra ne fut personne d'autre que sa cadette bien-aimée : elle courut à lui, l'embrassa et lui fit des caresses, et quand elle vit qu'il avait apporté l'alouette chanteuse et sauteuse, sa joie ne connut plus de bornes. Mais le père ne pouvait pas se réjouir, il se mit à pleurer en disant : « Ma chère enfant, ce petit oiseau a été payé cher, j'ai dû te promettre en échange à un lion féroce, et quand il t'aura, il te déchirera et te dévorera », et il lui conta tout ce qui s'était passé, en la suppliant de ne pas se livrer, quoi qu'il puisse en advenir. Mais elle le consola en disant : « Mon très cher père, ce que vous avez promis doit être tenu : j'irai et je saurai bien apaiser le lion, afin de rentrer chez vous saine et sauve. » Le lendemain elle se fit montrer le chemin, prit congé de son père, et, le cœur confiant, s'enfonça dans la forêt. Or, le lion était un roi enchanté qui, le jour, était changé en lion ainsi que tous ses gens, mais il reprenait sa forme humaine la nuit. À son arrivée, elle fut cordialement accueillie et conduite au château. La nuit venue, elle vit que c'était un bel homme, et les noces furent célébrées en grande pompe. Ils vécurent heureux ensemble, veillant la nuit et dormant le jour. Une fois il vint lui dire : « Demain il y a une fête dans la maison de ton père pour le mariage de ta sœur aînée, si tu as envie d'y aller, mes lions t'y conduiront. » Alors elle dit que oui, elle aimerait bien revoir son père, et elle partit accompagnée des lions. Il y eut grande liesse quand elle arriva, car tous la croyaient dévorée par les lions et morte depuis longtemps. Mais elle raconta quel bel homme elle avait pour mari et comme elle était heureuse, et elle resta auprès d'eux tant que durèrent les noces, après quoi elle rentra dans la forêt. Quand sa deuxième sœur se maria et qu'elle fut de nouveau invitée, elle dit au lion : « Cette fois je ne veux pas être seule, il faut que tu viennes avec moi. » Mais le lion dit que c'était trop dangereux pour lui, car si là-bas il était touché par la lumière d'une flamme, il serait changé en pigeon et devrait voler avec les pigeons pendant sept années. « Ah, dit-elle, viens donc, je saurai bien te garder et te protéger contre toutes les lumières. » Ils partirent donc ensemble et elle emmena aussi son petit enfant. Une fois arrivée, elle fit entourer une salle de murs si épais et si solides qu'aucun rayon de lumière ne pouvait les traverser ; il devait se tenir là quand on allumerait les flambeaux de la noce. Or, la porte était faite de bois vert qui éclata, laissant une petite fente que personne ne remarqua. Les noces furent célébrées en grande pompe ; mais quand, au retour de l'église, le cortège passa devant la salle avec toutes ses lumières et ses flambeaux, un rayon de la grosseur d'un cheveu tomba sur le prince, et quand ce rayon l'eut touché, il fut à l'instant métamorphosé, et quand elle rentra et le chercha, elle ne le vit pas, mais à sa place il y avait un pigeon blanc. Le pigeon lui dit : « Je dois voler de par le monde pendant sept ans ; mais tous les sept pas, je laisserai tomber une goutte de sang rouge et une plume blanche pour te montrer le chemin, et si tu suis cette trace, tu pourras me délivrer. »

Alors le pigeon s'envola par la porte, et elle le suivit, et tous les sept pas il laissait tomber une petite goutte de sang rouge et une petite plume blanche, qui lui montraient le chemin. Elle alla ainsi de par le vaste monde et ne détourna pas les yeux et ne prit pas de repos, et les sept ans furent presque révolus : alors elle se réjouit, croyant qu'ils seraient bientôt délivrés, et pourtant ils en étaient encore loin. Un jour qu'elle marchait comme à l'habitude, il ne tomba pas de petite plume et pas non plus de petite goutte de sang rouge, et quand elle leva les yeux, le pigeon avait disparu. Et se disant : « Les hommes ne peuvent rien pour toi et en cette occurrence », elle monta jusqu'au soleil et lui dit : « Tu luis dans toutes les fentes et sur les sommets, n'as-tu pas vu voler un pigeon blanc ? — Non, dit le soleil, je n'en ai pas vu, mais je te fais cadeau de ce petit coffret, ouvre-le si tu te trouves en grand péril. » Alors elle remercia le soleil et continua son chemin jusqu'au moment où le soir tomba et où la lune parut ; alors elle lui demanda : « Toi qui brilles toute la nuit sur tous les prés et les bois, n'as-tu pas vu voler un pigeon blanc ? — Non, dit la lune, je n'en ai pas vu, mais je te fais cadeau de cet œuf, casse-le si tu te trouves en grand péril. » Alors elle remercia la lune et continua son chemin jusqu'au moment où le vent de la nuit vint souffler sur elle ; alors elle lui dit : « Toi qui souffles sur tous les arbres et sous toutes les feuilles, n'as-tu pas vu voler un pigeon blanc ? —

Non, dit le vent de la nuit, je n'en ai pas vu, mais je vais demander à trois autres vents qui en auront peut-être vu un. » Le vent d'est et le vent d'ouest vinrent, mais ils n'avaient rien vu, quant au vent du sud, il dit : « J'ai vu le pigeon blanc, il a volé jusqu'à la mer rouge, là il s'est de nouveau changé en lion, car les sept ans sont révolus, et le lion est en train de se battre avec un dragon, qui est une princesse enchantée. » Alors le vent de la nuit lui dit : « Je vais te donner un conseil : va à la mer rouge, sur la rive droite il y a de grandes gaules, compte-les, coupe la onzième et donnes-en un coup au dragon, alors le lion pourra le vaincre et tous les deux reprendront leur forme humaine. Après cela, regarde autour de toi et tu verras le griffon qui habite sur la mer rouge, hisse-toi sur son dos avec ton bien-aimé : l'oiseau vous fera traverser la mer et vous ramènera chez vous. Voici encore une noix ; quand tu seras au milieu de la mer, laisse-la tomber, aussitôt elle s'ouvrira et un grand noyer sortira de l'eau où le griffon pourra se reposer ; car s'il ne pouvait pas se reposer, il ne serait pas assez fort pour vous faire faire la traversée ; et si tu oublies de jeter la noix, il vous laissera tomber à l'eau. »

Alors elle y alla et trouva tout comme le vent de la nuit avait dit. Elle compta les gaules et coupa la onzième, puis elle en donna un coup au dragon et le lion le terrassa : aussitôt ils retrouvèrent tous deux leur forme humaine. Mais quand la princesse, qui avait été un dragon, fut délivrée de l'enchantement, elle prit le jeune homme dans ses bras, monta sur le griffon et l'entraîna avec elle. Alors la pauvre femme qui venait de si loin se trouva de nouveau abandonnée et elle s'assit et se mit à pleurer. Enfin elle reprit courage et se dit : « J'irai aussi loin que le vent souffle et aussi longtemps que le coq chante, je finirai bien par le trouver. » Et elle marcha, longtemps, longtemps, jusqu'à ce qu'elle parvînt enfin au château où les deux autres vivaient ensemble : là elle entendit dire qu'il y aurait bientôt une fête pendant laquelle ils célébreraient leurs noces. Alors elle dit : « Dieu me vienne encore en aide », et elle ouvrit le petit coffret que le soleil lui avait donné, et dedans il y avait une robe aussi brillante que le soleil lui-même. Elle la sortit, s'en revêtit et se rendit au château, et tous les gens et la fiancée elle-même la regardèrent avec étonnement ; et la robe plut tellement à la fiancée qu'elle pensa en faire sa robe nuptiale et elle demanda si elle n'était pas à vendre. « Ni pour or ni pour argent, répondit-elle, mais pour de la chair et du sang. » La fiancée lui demanda ce qu'elle voulait dire. Alors elle dit : « Laissez-moi passer une nuit dans la chambre où couche le fiancé. » La fiancée refusa et pourtant, elle avait grande envie de la robe, finalement elle y consentit, mais elle ordonna au valet de chambre de donner un narcotique au prince. Quand la nuit fut venue et que le jeune homme fut endormi, on la conduisit dans sa chambre. Alors elle s'assit auprès du lit et dit : « Je t'ai suivi pendant sept ans, je suis allée voir le soleil et la lune et les quatre vents et j'ai demandé après toi et je t'ai aidé à vaincre le dragon, vas-tu donc m'oublier tout à fait ? » Mais le prince dormait si profondément qu'il lui sembla seulement entendre le frémissement du vent dehors dans les sapins. Au lever du jour, on la fit ressortir et elle dut donner la robe d'or. Et comme cela non plus n'avait servi de rien, elle fut tout affligée, alla dans un pré, s'y assit et pleura. Et tandis qu'elle restait là, elle se rappela l'œuf que la lune lui avait donné : elle l'ouvrit, il en sortit une poule avec ses douze poussins tout en or, ils couraient de tous côtés et piaillaient et se fourraient sous les ailes de la vieille, en sorte qu'il n'y avait rien de plus beau au monde à voir. Alors elle se leva et les poussa devant elle jusqu'à ce que la fiancée se mît à la fenêtre, et alors les petits poussins lui plurent tellement qu'elle descendit aussitôt demander s'ils n'étaient pas à vendre. « Ni pour or ni pour argent, mais pour de la chair et du sang ; laissez-moi passer encore une nuit dans la chambre où dort le fiancé. » La fiancée accepta, car elle était résolue à la tromper comme la veille. Mais au moment d'aller se coucher, le prince demanda à son valet ce que c'étaient que ces murmures et ces bruits qu'il avait entendus la nuit. Alors le valet lui raconta tout, qu'il avait dû lui donner un narcotique parce qu'une pauvre fille avait dormi dans sa chambre, et que cette nuit il lui en donnerait un autre. Le prince dit : « Verse le narcotique à côté du lit. » On la conduisit pour la nuit dans la chambre, et quand elle se mit à raconter ses tristes aventures, il reconnut aussitôt la voix de sa chère épouse, il se leva d'un bond en s'écriant : « A présent je suis vraiment délivré, il me semble que j'ai fait un rêve, car la princesse inconnue m'a ensorcelé pour que je t'oublie, mais Dieu m'a fait sortir à temps de mon égarement. » Alors ils quittèrent secrètement le château ensemble, car ils craignaient le père de la princesse, qui était un sorcier, et ils montèrent sur le griffon qui leur fit traverser la mer rouge, et quand ils furent au milieu, elle laissa tomber la noix. Aussitôt un grand noyer poussa, l'oiseau s'y posa, puis il les conduisit chez eux où ils trouvèrent leur enfant, qui était devenu grand et beau, et dès lors ils vécurent heureux jusqu'à la fin de leurs jours.

Jean le Veinard

Quand Jean eut servi son maître pendant sept ans, il lui dit : « Maître, mon temps est fait, je voudrais bien m'en retourner chez ma mère, donnez-moi mon salaire. » Le maître répondit : « Tu m'as servi fidèlement et honnêtement, tel service, tel salaire », et il lui donna un lingot d'or qui était aussi gros que la tête de Jean. Celui-ci tira son mouchoir de sa poche, y enveloppa le lingot, le mit sur son épaule et prit le chemin du retour. Comme il cheminait ainsi, mettant toujours un pied devant l'autre, il aperçut un cavalier qui, dispos et joyeux, s'en venait au trot sur un cheval fringant. « Ah, dit Jean à voix haute, quelle belle chose que d'aller à cheval ! On est assis comme sur une chaise, on ne se cogne pas aux pierres, on économise ses chaussures et on avance sans s'en apercevoir. » Le cavalier, qui l'avait entendu, s'arrêta et lui cria : « Alors nigaud, pourquoi vas-tu à pied ? — Je suis bien obligé, répondit-il, j'ai là un lingot à porter chez moi ; il est vrai qu'il est en or, mais il me force à courber la tête, et puis il m'écrase l'épaule ! — J'ai une idée, dit le cavalier, nous allons faire un échange, je te donne mon cheval et tu me donnes ton lingot. — De tout cœur, dit Jean, mais je vous en avertis, il faudra vous traîner avec. » Le cavalier mit pied à terre, prit l'or, aida Jean à monter, lui mit les guides entre les mains et lui dit : « Si tu veux que ça aille très vite, tu n'as qu'à claquer de la langue et à crier hop ! hop ! »

Jean fut ravi d'être sur le cheval et de trotter ainsi d'un air dégagé. Au bout d'un petit moment, il lui vint à l'idée d'aller encore plus vite, il se mit à claquer de la langue et à crier hop ! hop ! Le cheval prit le galop, et sans avoir eu le temps de dire ouf, Jean se trouva désarçonné et jeté dans le fossé qui séparait les champs de la grand-route. Le cheval se serait sauvé s'il n'avait pas été arrêté par un paysan qui marchait sur le chemin en poussant sa vache devant lui. Jean rassembla ses membres et se remit sur ses jambes. Mais il était mécontent et dit au paysan : « Aller à cheval est une mauvaise plaisanterie, surtout quand on tombe sur une rosse comme celle-ci qui vous secoue et vous jette par terre à vous faire rompre le cou ; jamais plus je ne remonterai là-dessus. Ah ! parlez-moi de votre vache, on peut marcher tranquillement derrière et par-dessus le marché on a son lait, du beurre et du fromage assurés tous les jours. Que ne donnerais-je pas pour une vache comme ça ! —

Eh bien, si cela peut vous faire vraiment plaisir, je veux bien échanger ma vache contre votre cheval. » Jean accepta avec joie ; le paysan enfourcha le cheval et s'en fut vivement.

Jean poussa tranquillement la vache devant lui en réfléchissant à son heureux marché : « Pourvu que j'aie un morceau de pain, et je n'en manquerai certainement pas, je pourrai manger du beurre et du fromage avec, aussi souvent qu'il me plaira ; si j'ai soif, je trairai ma vache et je boirai du lait. Mon cœur, que demandes-tu de plus ? » Quand il arriva devant une auberge, il fit halte et dans son excès de joie, il mangea sans rien laisser tout ce qu'il avait emporté, déjeuner et dîner, puis pour ses derniers liards, il se fit servir un demi-verre de bière. Après quoi il continua de conduire sa vache, toujours en direction du village maternel. Plus midi approchait, plus la chaleur devenait accablante, et Jean se trouva dans une lande où il devrait bien marcher encore une heure. Alors il eut tellement chaud que la soif lui colla la langue au palais. « La chose n'est pas sans remède, pensa Jean, je vais traire ma vache et me désaltérer avec son lait. » Il l'attacha à un arbre mort et comme il n'avait pas de seau, il mit sous le pis sa casquette de cuir, mais en dépit de tous ses efforts, pas une goutte de lait n'apparut. Et comme il s'y prenait maladroitement, la bête impatiente lui décocha finalement un tel coup sur la tête avec une de ses pattes de derrière qu'il s'abattit en titubant et demeura un moment sans pouvoir se rappeler où il se trouvait. Heureusement un boucher s'en venait justement par le chemin, avec un jeune cochon dans une brouette. « Vous en faites de belles ! » s'écria-t-il en aidant le brave Jean à se relever. Jean lui raconta ce qui lui était arrivé. Le boucher lui tendit sa gourde et lui dit : « Buvez un coup et remettez-vous. La vache ne peut sans doute pas donner de lait, c'est une vieille bête, bonne tout au plus pour la charrue ou l'abattoir. — Hé, hé, dit Jean en se passant la main dans les cheveux, qui eût dit cela ! Certes, c'est bien agréable de pouvoir abattre une bête pareille à la maison, quelle viande cela donne ! Mais je n'aime pas beaucoup la viande de bœuf, je ne la trouve pas assez succulente. Dame, si l'on avait un jeune cochon comme celui-là ! Ça vous a un autre goût, sans parler des saucisses. — Écoutez, Jean, dit alors le boucher, pour vous être agréable, je veux bien changer avec vous et vous laisser mon cochon contre votre vache. — Dieu vous récompense de votre obligeance ! » dit Jean ; il lui donna la vache, se fit délier le cochon de la brouette et mettre en main la corde qui le ficelait.

Jean continua son chemin en se disant que vraiment, tout tournait à souhait pour lui, que s'il lui arrivait un ennui il se trouvait aussitôt réparé. Peu après, un garçon se joignit à lui, qui portait sous son bras une belle oie blanche. Ils se dirent bonjour et Jean se mit à parler de sa chance et de la façon si avantageuse dont il avait toujours fait ses marchés. Le garçon raconta qu'il allait porter son oie à un festin de baptême. « Soulevez-la un peu, ajouta-t-il en la prenant par les ailes, voyez comme elle est lourde, mais il faut dire aussi qu'on l'a gavée pendant huit semaines. Qui mordra dans le rôti devra s'essuyer la graisse des deux côtés. — Oui, dit Jean en la soupesant d'une main, elle pèse son poids, mais mon cochon n'est pas mal non plus. » Cependant, le garçon jetait de tous côtés des regards inquiets en hochant la tête. Puis il dit : « Écoutez, il doit y avoir quelque chose de louche avec votre cochon. Au village d'où je viens, on en a volé un dans l'étable du maire. Je crains que vous ne l'ayez là, à la main. Ils ont envoyé du monde à sa recherche, et ce serait une mauvaise affaire si on vous attrapait avec ce porc ; le moins qui puisse vous arriver, c'est d'être jeté au cachot. » Le brave Jean fut pris de peur. « Ah mon Dieu, dit-il, tirez-moi d'embarras, vous vous y connaissez mieux que moi par ici, prenez mon cochon et laissez-moi votre oie en échange. — Cela ne va pas sans risque, répondit le garçon, mais je ne veux pas non plus qu'il vous arrive malheur par ma faute. » Il prit donc la corde en main et emmena bien vite le cochon sur un petit chemin de traverse ; quant au brave Jean, délivré de ses soucis, il partit en direction de son pays, son oie sous le bras. « En y réfléchissant bien, se disait-il à lui-même, j'ai encore gagné au troc ; d'abord le bon rôti, puis la quantité de graisse qu'il rendra, ça me donnera des tartines de graisse d'oie pour trois mois, et enfin les belles plumes blanches, j'en ferai bourrer mon oreiller et là-dessus, je m'endormirai bien sans qu'on me berce. Comme ma mère va être contente ! »

Quand il eut traversé le dernier village, il vit un rémouleur avec une carriole, sa roue ronronnait et il l'accompagnait en chantant :

Ciseaux, couteaux, je les repasse vivement
Et je sais voir d'où vient le vent.

Jean s'arrêta pour le regarder ; enfin, il lui adressa la parole et dit : « Vos affaires doivent bien marcher pour que vous soyez si gai en travaillant. — Oui, répondit le repasseur, ce métier-là est une mine d'or. Un vrai rémouleur est un homme qui trouve de l'argent dans sa poche chaque fois qu'il fouille dedans. Mais où avez-vous acheté cette belle oie ? — Je ne l'ai pas achetée, mais reçue en échange de mon cochon. — Et le cochon ? — Je l'ai eu pour une vache. — Et la vache ? — Je l'ai eue pour un cheval. — Et le cheval ? — Je l'ai eu en échange d'un lingot d'or aussi grand que ma tête. — Et l'or ? — Hé, c'était mon salaire pour sept ans de service. — Vous avez toujours su vous débrouiller, dit le rémouleur, maintenant si vous trouvez un moyen d'entendre l'argent sauter dans vos poches quand vous vous lèverez chaque matin, votre fortune est faite. — Et comment dois-je m'y prendre ? demanda Jean. — Faites-vous rémouleur comme moi, il n'y faut qu'une pierre à meule, le reste se trouve tout seul. En voilà une, il est vrai qu'elle est un peu abîmée, mais je ne vous demanderai rien d'autre en échange que votre oie ; cela vous va ? — Comment pouvez-vous me le demander, répondit Jean, cela fait de moi l'homme le plus heureux de la terre ; si j'ai de l'argent chaque fois que je mets la main à la poche, qu'ai-je besoin de me faire encore du souci ? » Il lui tendit son oie et reçut la meule. « Et maintenant, dit le rémouleur en soulevant une grosse pierre ordinaire qui se trouvait à côté de lui, voilà encore par-dessus le marché une pierre solide sur laquelle vous pourrez taper et redresser vos vieux clous. Prenez-la et conservez-la soigneusement. »

Jean se chargea de la pierre et continua sa route, le cœur content ; ses yeux brillaient de joie. « Je dois être né coiffé, s'écria-t-il, tout ce que je souhaite se réalise comme si j'étais un enfant du dimanche. » Cependant, comme il était sur ses jambes depuis le lever du jour, il commença de sentir la fatigue, et puis la faim le tourmentait, car dans sa joie d'avoir acquis la vache, il avait mangé toutes ses provisions d'un seul coup. Pour finir, il eut de la peine à continuer et dut s'arrêter à chaque instant ; avec cela les pierres lui pesaient d'une façon lamentable. Alors il ne put s'empêcher de penser qu'il serait bien agréable de n'avoir pas à les porter juste en ce moment. Il se traîna comme une limace jusqu'à un puits, pensant s'y reposer et se désaltérer en buvant une gorgée d'eau fraîche ; mais afin de ne pas abîmer les pierres en s'asseyant, il les posa avec précaution sur la margelle du puits, à côté de lui. Puis il s'assit et voulut se pencher pour boire, mais il les heurta légèrement par inadvertance et les deux pierres tombèrent lourdement au fond. Après les avoir vues de ses propres yeux s'engouffrer dans la profondeur du puits, Jean sauta de joie, puis, les larmes aux yeux, il se mit à genoux et remercia Dieu de lui avoir fait cette nouvelle grâce et, sans qu'il eût rien à se reprocher, de l'avoir débarrassé si gentiment des lourdes pierres qui ne faisaient plus que le gêner. « Il n'est personne d'aussi heureux que moi sous le soleil », s'écria-t-il. Puis, le cœur léger et libre de tout fardeau, il s'en alla en gambadant jusque chez sa mère.

La gardeuse d'oies

Il était une fois une vieille reine, son époux était mort depuis longtemps et sa fille était très belle. Quand elle fut grande, on la fiança au prince d'un pays lointain. Une fois venu le temps des épousailles, comme la jeune fille devait partir pour le royaume étranger, la vieille mit dans sa malle beaucoup de vaisselle précieuse et de parures, d'or et d'argent, de coupes et de joyaux, bref tout ce qui fait partie d'une dot royale, car elle chérissait son enfant de tout son cœur. Elle lui donna aussi une camériste qui devait l'accompagner à cheval et la remettre entre les mains de son fiancé, et chacune d'elles reçut une monture. Or, le cheval de la princesse s'appelait Falada et savait parler. Quand vint l'heure des adieux, la vieille mère monta dans sa chambre à coucher, prit un canif et se coupa les doigts si fort qu'ils se mirent à saigner : puis elle mit dessous un chiffon blanc et y laissa tomber trois gouttes de sang, après quoi elle le donna à sa fille en disant :

« Ma chère enfant, conserve-les bien, tu en auras besoin en route. »

Alors elles se firent tristement leurs adieux : la princesse cacha le chiffon dans son corsage, monta sur son cheval et s'en alla rejoindre son fiancé. Quand elles eurent chevauché une heure, elle ressentit une soif dévorante et dit à sa camériste : « Descends et va puiser de l'eau dans ce ruisseau avec la coupe que tu as emportée pour moi, j'ai grande envie de boire — Si vous avez soif, dit la camériste, descendez vous-même, mettez-vous au bord de l'eau et buvez, je ne veux pas être votre servante. » La princesse avait tellement soif qu'elle descendit de cheval, se pencha sur le ruisseau et but, et elle ne put pas se servir de la coupe d'or. Alors elle s'écria : « Ah mon Dieu ! » et les trois gouttes de sang répondirent : « Si ta mère savait cela, son cœur se briserait en éclats. » Mais la princesse était humble, elle ne dit rien et remonta à cheval. Elles firent encore plusieurs lieues, mais la journée était chaude, le soleil dardait, et bientôt elle eut encore soif. Comme elles passaient devant une rivière, elle dit de nouveau à sa camériste : « Descends et donne-moi à boire dans ma coupe d'or », car elle avait oublié depuis longtemps toutes les méchantes paroles. Mais la camériste répondit encore plus orgueilleusement : « Si vous avez soif, buvez toute seule, je ne veux pas être votre servante. » Alors la princesse descendit à cause de sa grande soif, elle se coucha au bord de l'eau courante, se mit à pleurer et dit : « Ah, mon Dieu ! » et les trois gouttes de sang répétèrent : « Si ta mère savait cela, son cœur se briserait en éclats. » Et tandis qu'elle buvait ainsi et se penchait fort en avant, le chiffon avec les trois gouttes tomba de son corsage et sans qu'elle s'en aperçût dans sa grande angoisse, il s'en alla au fil de l'eau. Mais la caméristе l'avait vu et se réjouit de tenir la fiancée en son pouvoir : car celle-ci ayant perdu les gouttes de sang, elle était devenue faible et impuissante. Quand elle voulut remonter sur le cheval qui s'appelait Falada, la caméristе lui dit : « Falada est pour moi, et ma rosse pour toi », il lui fallut se soumettre. Ensuite, la caméristе lui ordonna durement d'enlever ses habits princiers et de mettre ses propres hardes, et enfin elle dut jurer à la face du ciel de n'en rien dire à personne à la cour du roi ; et si elle n'avait pas fait ce serment, elle aurait été tuée sur place. Mais Falada avait tout vu et se promit de s'en souvenir.

A présent, la caméristе était montée sur Falada et la vraie fiancée sur la haridelle ; elles continuèrent ainsi jusqu'au château royal. Il y eut grand liesse à leur arrivée, le prince se précipita à leur rencontre, fit descendre la caméristе de cheval et la prit pour sa future épouse : il lui donna la main pour monter l'escalier, tandis que la vraie princesse devait rester en bas. Alors le vieux roi se mit à la fenêtre et la vit s'arrêter dans la cour, et il vit comme elle était mignonne, délicate et si jolie : rentrant aussitôt dans les appartements royaux, il interrogea la fiancée sur celle qui l'accompagnait et restait en bas dans la cour, et il lui demanda qui elle était : « Je l'ai prise en route pour me tenir compagnie ; donnez-lui quelque ouvrage, afin qu'elle ne reste pas oisive. » Mais le roi n'avait pas d'ouvrage à lui donner, et ne sachant que faire, il dit : « J'ai là un gamin qui garde les oies, elle pourra l'aider. » Le garçon s'appelait le petit Conrad, c'est lui que la vraie fiancée dut aider à garder les oies.

Bientôt, cependant, la fausse fiancée dit au jeune roi : « Mon cher époux, faites quelque chose pour moi, je vous en prie. » Il répondit : « Bien volontiers. — Alors, faites appeler l'équarrisseur et qu'il coupe la tête de ce cheval sur lequel je suis venue, car il m'a contrariée en chemin. » Mais en réalité, elle craignait que le cheval ne révélât la façon dont elle avait traité la princesse. Les choses avaient été poussées si loin que cela fut accompli et que le fidèle Falada dut mourir ; la princesse l'ayant entendu dire, elle promit à l'équarrisseur de lui payer une pièce d'argent s'il voulait bien lui rendre un petit service. Il y avait dans la ville une grande porte sombre par où elle devait passer matin et soir avec ses oies ; il clouerait la tête de Falada sous la porte sombre, afin qu'elle pût le voir encore plus qu'une fois. Ainsi l'équarrisseur promit-il de le faire, il coupa la tête et la cloua solidement sous la porte sombre.

Quand, accompagnée du petit Conrad, elle passa sous la porte en menant paître les oies tôt le matin, elle dit :

O Falada, comme tu es cloué là.

Alors la tête répondit :

O jeune reine, comme tu vas là,
Si ta mère savait cela
Son cœur se briserait en éclats.

Alors elle sortit de la ville en silence et ils menèrent leurs oies paître dans la campagne. Quand ils furent arrivés au pré, elle s'assit et dénoua ses cheveux, ils étaient d'or pur et le petit Conrad les vit, et tout heureux de les voir briller, il voulu en arracher quelques-uns. Alors elle dit :

Souffle, souffle, ventelet.
Ote à Conrad son bonnet
Et fais-le courir après
Le temps que je peigne mes nattes
Et que je remette ma coiffe.

Alors un vent violent se leva qui emporta le bonnet du petit Conrad à travers champs, et il dut courir après. Quand il revint, elle avait fini de se peigner et de remettre sa coiffe, en sorte qu'il ne put pas lui prendre le moindre cheveu. Alors le petit Conrad fut fâché et ne lui parla plus ; et ainsi ils gardèrent les oies jusqu'au soir, puis ils rentrèrent à la maison.

Le lendemain, comme ils passaient avec leurs oies sous la porte sombre, la jeune fille dit :

O Falada, comme tu es cloué là.

Falada répondit :

O jeune reine, comme tu vas là,
Si ta mère savait cela
Son cœur se briserait en éclats.

Et une fois dans la campagne, elle s'assit de nouveau sur l'herbe et se mit à démêler ses cheveux, et le petit Conrad se précipita pour les saisir ; alors elle dit promptement :

Souffle, souffle, ventelet,
Ote à Conrad son bonnet
Et fais-le courir après
Le temps que je peigne mes nattes
Et que je remette ma coiffe.

Alors le vent souffla, emportant son bonnet loin de là, si bien qu'il dut courir pour le rattaper ; et quand il revint, elle avait depuis longtemps arrangé ses cheveux et il ne put pas en prendre un seul ; et ainsi ils gardèrent les oies jusqu'à la tombée de la nuit.

Mais le soir, une fois rentrés à la maison, le

petit Conrad alla trouver le vieux roi et dit : « Je ne veux pas garder les oies plus longtemps avec cette fille. — Pourquoi donc ? demanda le vieux roi. — Ah, elle me fâche toute la journée. » Alors le vieux roi lui ordonna de lui raconter ce qui en était. Et le petit Conrad dit : « Le matin, quand nous passons avec le troupeau sous la porte sombre, il y a une tête de cheval sur le mur à qui elle dit :

Falada, comme tu es cloué là.

Et la tête répond :

O jeune reine, comme tu vas là,
Si ta mère savait cela
Son cœur se briserait en éclats.

Et le petit Conrad raconta encore tout ce qui se passait sur le pré et comment il devait courir après son chapeau en plein vent.

Le vieux roi lui ordonna de mener encore paître les oies le lendemain, et lui-même, le matin venu, se posta derrière la porte sombre et l'entendit parler avec la tête de Falada ; puis il la suivit dans la campagne et se cacha au milieu d'un buisson, dans le pré. Et alors il vit bientôt de ses propres yeux la gardeuse d'oies et le garçon pousser les bêtes devant eux, et au bout d'un moment, il la vit s'asseoir et défaire ses nattes, qui brillaient d'un grand éclat. De nouveau, elle dit promptement :

Souffle, souffle, ventelet,
Ote à Conrad son bonnet
Et fais-le courir après
Le temps que je peigne mes nattes
Et que je remette ma coiffe.

Alors il y eut un coup de vent qui emporta le chapeau du petit Conrad, en sorte qu'il dut courir longtemps, et la jeune fille continua tranquillement de peigner et de natter ses cheveux, tandis que le vieux roi l'observait. Après quoi, il rentra sans que personne l'ait vu et le soir, quand la gardeuse d'oies fut au logis, il la prit à part et lui demanda pourquoi elle se conduisait de la sorte. « Je n'ai pas le droit de vous le dire et je ne peux pas non plus confier ma peine à qui que ce soit, j'en ai fait le serment à la face du ciel parce qu'autrement j'aurais perdu la vie. » Il insista et ne la laissa pas en repos, mais il ne put pas lui tirer un mot de plus. Alors il dit : « Si tu ne veux rien me dire à moi, confie ta peine à ce poêle », et il s'en alla. Alors elle se glissa dans le poêle, et se mettant à gémir et à pleurer, elle épancha son cœur en disant : « Me voici abandonnée de tout le monde et pourtant je suis fille de roi, et une cameriste perfide m'a contrainte par force d'ôter mes habits royaux et elle a pris ma place auprès de mon fiancé, tandis que je dois faire le vil travail d'une gardeuse d'oies. Si ma mère savait cela, son cœur se briserait en éclats. » Mais le vieux roi se tenait à l'extrémité du tuyau, il prêta l'oreille et entendit ce qu'elle disait. Alors il revint et la fit sortir du poêle. Puis on la revêtit de ses habits royaux, et c'était merveille de la voir si belle. Le vieux roi appela son fils et lui révéla qu'il avait la fausse fiancée : ce n'était qu'une cameriste, quant à la vraie il l'avait devant lui sous les traits de l'ancienne gardienne d'oies. Le jeune roi se réjouit de tout son cœur en voyant sa beauté et sa vertu, et l'on ordonna un grand festin auquel furent conviés tous les gens et les bons amis. Le fiancé était assis au haut bout de la table avec la princesse d'un côté et, de l'autre, la camériste, mais celle-ci était frappée d'aveuglement et elle ne reconnut pas la princesse dans ses brillants atouts. Quand ils eurent mangé et bu et se sentirent pleins d'entrain, le vieux roi posa une devinette à la camériste : que méritait celle qui aurait trompé son maître de telle et telle façon ? Il lui raconta ainsi tous les événements et lui demanda : « Comment mérite-t-elle d'être châtiée ? » Alors la fausse fiancée répondit : « Elle ne mérite rien de mieux que d'être mise entièrement nue dans un tonneau garni à l'intérieur de clous pointus : et on l'attellera de deux chevaux blancs qui la traîneront de rue en rue jusqu'à ce que la mort s'ensuive.

— C'est de toi qu'il s'agit, dit le vieux roi, tu as prononcé ta propre sentence et il t'adviendra ce que tu as dit. » Et quand le jugement eut été exécuté, le jeune roi épousa sa vraie fiancée, et tous deux gouvernèrent leur royaume dans la paix et la félicité.

CHRONOLOGIE

JACOB GRIMM

1785. Naissance le 4 janvier à Hanau (Hesse) de Jacob Grimm ; son père, un juriste, issu d'une vieille famille de prédicateurs réformés, a élevé une famille de cinq fils et une fille. De très bonne heure c'est à son frère Wilhelm que Jacob s'attache particulièrement ; un autre frère, Ludwig, sera peintre, dessinateur et graveur.

1791. Le père s'installe comme bailli à Steinau (Hesse) et y fait venir sa famille. Il confie Jacob et Wilhelm à un précepteur sévère.

1796. *10 janvier :* mort du père à peine âgé de quarante-cinq ans. La famille connaît de graves difficultés financières ; la sœur aînée du père pourvoit à l'éducation des enfants.

1798. Études secondaires au lycée de Cassel, où sa tante Zimmer s'occupe de lui.

1802. Jacob quitte le lycée avec les félicitations de ses professeurs. Il se rend à l'université de Marbourg, pour commencer des études juridiques. Il suit les cours de Carl Friedrich von Savigny, le jeune et déjà célèbre professeur de droit dont il sera l'un des plus brillants élèves : première initiation au droit historique. D'autres impulsions décisives viendront du poète Clemens Brentano, futur beau-frère de Savigny.

1805. *Janvier :* Savigny le fait venir à Paris pour l'aider dans ses

travaux à la Bibliothèque nationale sur l'histoire du droit romain au Moyen Age. « Ce que j'ai appris de Savigny dépassait largement les services que je pouvais lui rendre [1]. »
Fin *septembre :* retour à Cassel où sa mère s'était installée entre-temps.

1806. Il trouve un emploi au Secrétariat à la guerre, en janvier. Fin 1806, après l'occupation française, il donne sa démission.

1807. « J'ai ici [à Cassel] deux amis très chers [...] nommés Grimm », écrit Brentano. « Je viens de les retrouver, après deux années d'études laborieuses et conséquentes, si savants, si riches en notes, expériences et vues nombreuses sur toute la poésie romantique, que je suis, vu leur modestie, presque effrayé par le trésor qu'ils possèdent [2]. »
Début de l'amitié avec Arnim.

1808. *Mai :* mort de la mère. Jacob devient préposé à la bibliothèque privée du roi Jérôme, au château de la Wilhelmshöhe près de Cassel.

1809. Il devient auditeur au Conseil d'État, profession qui lui laisse beaucoup de loisirs. Il perd cette place après la bataille de Leipzig.

1811. Lettre à Arnim, dans laquelle Jacob expose ses idées sur la « poésie naturelle » et la « poésie littéraire » [3].

1813. Le 28 décembre, Jacob commence une carrière diplomatique comme secrétaire de légation au service du prince électeur de la Hesse. C'est dans cette fonction qu'il suit les troupes de Blücher jusqu'à Paris.

1814. D'octobre à juin 1815, il prend part au Congrès de Vienne. Il y rencontre Frédéric Schlegel.
Juillet : il adresse à Görres, pour le *Mercure rhénan*, un article sur le dialecte, les coutumes et le caractère des habitants d'Alsace.

1815. De septembre à décembre, autre séjour à Paris en vue de récupérer des manuscrits volés à la bibliothèque de Cassel. Désireux de rester auprès de son frère Wilhelm, il refuse

1. Notice autobiographique, rédigée en 1831.
2. Lettre de Brentano à Arnim du 19 octobre 1807. Brentano venait de s'installer à Cassel après son second mariage.
3. Lettre du 20 mai 1811.

une chaire de professeur à Bonn. En décembre il démissionne de son poste de secrétaire de légation.

1816. Il obtient un emploi à la bibliothèque de Cassel. Années studieuses et tranquilles.

1829. Il est nommé professeur à l'université de Goettingue et bibliothécaire de cette ville. Wilhelm y devient bibliothécaire adjoint. Profondément attachés à leur pays natal, la Hesse, Jacob et Wilhelm se sentiront toujours étrangers à Goettingue, comme plus tard à Berlin.

1830. Premier cours sur « Les antiquités du droit allemand ». Discours de réception sur le « mal du pays », « De desiderio patriae ». Amitié avec l'historien libéral Gervinus (1805-1871).

1832. Il est élu membre de l'Académie des sciences de Berlin.

1837. Sept professeurs de l'université de Goettingue parmi lesquels Jacob, son frère Wilhelm et Gervinus signent une protestation contre le viol de la Constitution par le roi de Hanovre ; ils sont renvoyés et Jacob doit quitter Goettingue dans un délai de trois jours.
Décembre : il s'installe à Cassel chez son frère cadet, le peintre Ludwig, où Wilhelm le rejoint en 1838.

1838. Jacob et Wilhelm travaillent au *Dictionnaire allemand* à Cassel.

1841. Les frères Grimm sont appelés à l'Université de Berlin et vivront désormais dans cette ville.

1842. Voyage en Italie.

1844. *Automne :* voyage en Scandinavie.

1846 et 1847. Il préside à deux reprises le congrès des germanistes à Francfort-sur-le-Main et à Lübeck.

1848. Devient membre du Parlement de Francfort.

1859. Mort de Wilhelm Grimm, le 16 décembre, à Berlin.

1863. Mort de Jacob Grimm, le 20 septembre, à Berlin.

WILHELM GRIMM

1786. *24 février :* naissance de Wilhelm Grimm à Hanau. Elevé avec son frère, il partagea son sort pendant de nombreuses années. Dès son plus jeune âge, il se révèle de constitution fragile.

1803. *Printemps :* entrée à l'université de Marbourg, un an après son frère. Il étudiera également le droit avec Savigny, mais se révèle un esprit plus littéraire que Jacob. Il se prend d'enthousiasme pour Tieck et Jean-Paul.

1806. *Mai :* il passe avec succès ses examens. Malade les années suivantes, il ne cherche pas encore d'emploi.

1807. Il fournit à Arnim et Brentano des matériaux pour leur recueil de poésies populaires, *Le Cor enchanté de l'enfant.*

1808. Il commence à traduire les *Vieux poèmes danois* (qui paraîtront seulement en 1811, à cause des événements politiques, chez Zimmer à Heidelberg, l'éditeur d'Arnim et de Brentano, à qui ils sont dédiés).

1809. *Avril :* voyage à Halle pour rendre visite au compositeur Reichardt ; il loge chez le naturaliste Steffens.
Septembre : sur le chemin du retour il passe deux mois à Berlin, chez son ami Arnim, en compagnie de Brentano.
Décembre : visite chez Goethe, à Weimar.

1810. Retour à Cassel.

1812. Publication, à Noël, du premier volume des *Contes.*

1814. Au début de l'année, il devient secrétaire à la bibliothèque de Cassel.

1815. *Automne :* voyage dans les pays rhénans avec Savigny. Visite chez Görres, à Coblence.
Septembre : il admire la collection de peinture des Boisserée à Heidelberg. Publication du deuxième volume des *Contes.*

1819. Son frère étant pris par ses travaux sur la grammaire allemande, il s'occupe seul des éditions ultérieures des *Contes.*

1825. *15 mai :* mariage avec Dorothea Wild, une amie d'enfance. « Je n'ai jamais cessé d'être reconnaissant à Dieu pour le bonheur et la félicité de ce mariage[1]. » Le père de Dorothea, originaire d'une famille patricienne de Berne, s'était fixé comme pharmacien à Cassel. Il avait de la fortune et possédait plusieurs domaines dans les environs de Cassel.

1. Notice autobiographique (1831).

Dans les jardins de son père, Dorothea a raconté à Wilhelm de nombreux contes qui figurent aujourd'hui dans les *Contes de l'enfance et du foyer* des frères Grimm. Wilhelm sera souvent alerté par la santé fragile de sa femme.

1826. *Avril :* naissance de son premier enfant, Jacob, qui meurt en décembre.

1828. *Janvier :* naissance de son deuxième fils, Hermann, qui sera plus tard le biographe de son père et épousera en 1859 Gisela von Arnim, une fille d'Achim et de Bettina.

1829. *Décembre :* bibliothécaire adjoint à Goettingue.

1830. Naissance d'un fils.

1831. Rédige son autobiographie.
Mars : devient professeur à l'université de Goettingue. Cours sur le *Nibelungenlied.*
Pendant l'hiver 1831-1832, il est atteint d'une grave pneumonie.

1832. Naissance d'une fille.

1834. Cure à Wiesbaden.

1837. Il est comme son frère renvoyé de l'université.

1838. *Octobre :* à Cassel, jusqu'en mars 1841.

1839. Avec Bettina, il édite les œuvres posthumes d'Arnim.

1841. *Mars :* il s'installe à Berlin en même temps que son frère Jacob. Il est élu membre de l'Académie des sciences.
Mai : cours inaugural à l'université. Fréquente Schelling et l'historien Ranke.

1845. Il reçoit pendant l'hiver 1845-1846 la visite de Hans Christian Andersen.

1859. Wilhelm meurt à Berlin le 16 décembre.

PRINCIPAUX OUVRAGES PUBLIÉS PAR JACOB GRIMM

1819. *Grammaire allemande* (2e, 3e et 4e volumes, respectivement en 1826, 1831 et 1837).

1828. *Les Antiquités du Droit allemand.*

1834. Éditions de *Reinhart Fuchs.*

1835. *Mythologie allemande* (augmentée dans l'édition posthume de 1875-1878).

1848. *Histoire de la langue allemande.*
1852. Première livraison du *Dictionnaire allemand* (1er, 2e et 3e volumes, respectivement en 1854, 1860 et 1862).

PRINCIPAUX OUVRAGES PUBLIÉS PAR WILHELM GRIMM

1811. *Poèmes héroïques danois.*
1829. *L'Épopée allemande.*

PRINCIPAUX OUVRAGES PUBLIÉS EN COMMUN

1812. *Contes de l'enfance et du foyer.*
L'édition de 1812 est dédiée à « Madame Élisabeth d'Arnim pour son petit Johannes Freimund » (Johannes Freimund, le fils aîné de Bettina von Arnim, est né en 1812).
Un deuxième tome est publié en 1815. L'édition est remaniée et augmentée en 1819, puis en 1822. Septième édition en 1857 ; c'est la dernière qui ait paru du vivant des frères Grimm.
Les deux poèmes allemands les plus anciens.
1815. Édition du *Pauvre Henri* de Hartmann von Aue.
Chants de l'Edda.
1816-1818. *Légendes allemandes.*
1821. *Les runes allemandes.*
1826. *Contes irlandais.*

ERIKA TUNNER.

DU MÊME AUTEUR

Dans la même collection

NOUVEAUX CONTES. *Choix et traduction nouvelle de Jean Amsler.*

Impression Novoprint
à Barcelone, le 4 juillet 2007
Dépôt légal : juillet 2007
Premier dépôt légal dans la collection : février 2001

ISBN 2-07-041436-1./Imprimé en Espagne.

hello

154569